主编　凌翔　　　　　　　　　　　　当代作家精品·散文卷

借城而居

古娟华　著

文化发展出版社
Cultural Development Press
·北京·

图书在版编目（CIP）数据

借城而居 / 古娟华著. — 北京：文化发展出版社，2023.8
ISBN 978-7-5142-3880-8

Ⅰ.①借… Ⅱ.①古… Ⅲ.①随笔-作品集-中国-当代 Ⅳ.① I267.1

中国国家版本馆CIP数据核字(2023)第029155号

借城而居

著　　者	古娟华

出 版 人：	宋　娜		
责任编辑	尚　蕾	责任校对	岳智勇
责任印制	邓辉明	封面设计	李丹羚

出版发行　文化发展出版社（北京市翠微路 2 号　邮编：100036）
发行电话　010-88275993　　010-88275711
网　　址　www.wenhuafazhan.com
经　　销　全国新华书店
印　　刷　唐山楠萍印务有限公司

开　　本：710mm×1000mm　1/16
印　　张：16
字　　数：200 千字
版　　次：2023 年 8 月第 1 版
印　　次：2023 年 8 月第 1 次印刷

定　　价：69.80 元
ＩＳＢＮ：978-7-5142-3880-8

◆ 如有印装质量问题，请与我社印制部联系　电话：010-88275720

我心之向往

1

退休了,我的心里忽然就有点茫然。

其实,早在退休的前几年,我就想过,退休了我要如何如何理想地过生活。但当那一天真的到来,我的心里不知怎么就有了一种特别奇怪的情绪,也说不清是什么滋味。好像失去了一个群体,有点孤单,想过另一种有趣味的生活,暂时不知道在哪里。

2021年11月19日,我去教体局拿到了自己的退休证。

领证前的那些迷茫,竟然一下子就变作了云烟。我高兴地去公园走秀,拍了个视频,发在抖音上。看着自己快乐的样子,我觉得真好!

我想开启一种新生活,让自己的情绪有个平缓过渡。也就是说,寒冷的冬天,我不想在家里孤寂地过生活,我想到一个温暖的地方去过一段有趣的日子。

去哪里呢?当然是三亚。因为儿子大学毕业留在了三亚。我想去那里看看风景也看看儿子。

因为疫情,从新郑机场出发去三亚有点不方便。在朋友的帮助下,我买到了洛阳北郊机场去三亚的机票。2021年11月24日下午3:30,我就要出发去三亚过冬了。

出发前几天,我一直在做着各项准备。比如去染了头发,把辫子剪下了两寸多。去买了新的卫裤，新的旅游鞋。开始收拾衣服装进箱子里。又去买了笔记本和笔。这是我的武器，走到哪里都要带着。去三亚，我要专门用一个新的笔记本来记录生活。

我的写作与生活同步。笔记本就是我心灵的伙伴，我与它真心相对，真情书写，每一天都是我们在世上的好日子。感恩上天，让我们清醒生活，热爱美好。回想我从事写作已经有二十多年了。只是我不善于回顾总结，断断续续记录着生活。不过有付出，也有收获，一本一本的笔记就是最好的证明。喜悦的时候我抒写，痛苦的时候我记录，迷茫的时候我反问自己，寻找答案。前半生所有好的坏的日子都过去了。我的工作，已经画上了句号。我的生活，应该开启新的样式。

从此刻起，我要扔掉心中所有的失落与烦恼，重新规划自己的人生，让日子变成幸福的样式。每一天都是好日子，日日如花，当把日子过成花儿的样式。有花香滋润心田，有美好萦绕心间，有大爱温暖心灵，如此才好。有意识地去执行，相信自己一定能做成。

2

我在三亚已经生活了一段时间。回想起初的心境，我有许多感慨。

现代社会，每个人都要面对很多考验。这时候怎么办？

就像我退休了，孩子们不在身边，老公早出晚归，白天我一个人在家，很孤单，又不想要这种感觉。面对孤独，我别无选择，只有接受。然而好像还有一些方法可以改变一下心境，让孤独的生活不再那么难挨，并且也可以逐步寻找，让自己过上一种更有意思的生活。这就是我来三亚的主要原因。

此时，北方寒冷的冬天，已经被我放在了身后。就像，我在一座黑房子里努力寻找光明，终于推开了一扇窗，原来窗外的生活从未有过，是这么有趣！有无数先前未尝的美食，有我想要的诗和远方。

　　这样的遇见，让我心里再一次坚定：当人生遇到瓶颈的时候，我们唯有改变，唯有寻找，才能早一点让自己走出困局，过上自己向往的生活。这生活是那样丰富有趣快乐，深深地安慰了我。

　　记住：遇到困境的时候不要叹息，向前寻找，会有更好的生活在等着我们。

目 录

第一辑　初来三亚　　　　　　　　　　　**001**

　　一路上遇见许多人　　　　　　　　　002
　　在三亚市找房子　　　　　　　　　　005
　　找到了我想要的感觉　　　　　　　　008
　　三亚白鹭公园漫步　　　　　　　　　010
　　稀里糊涂地爱上一座城中村　　　　　013
　　有一颗浪漫之心　　　　　　　　　　016
　　探险一般的小生活　　　　　　　　　019
　　一篇抒情日记　　　　　　　　　　　023
　　沉浸下去感受生活的真味　　　　　　025
　　不要忘记初心　　　　　　　　　　　027
　　改变从早起开始　　　　　　　　　　029
　　奇妙的海河倒流　　　　　　　　　　031
　　喜欢一座城市　　　　　　　　　　　035
　　富养自己　　　　　　　　　　　　　038

第二辑　诸多遇见　　　　　　　　　　　**043**

　　来三亚过冬的女人　　　　　　　　　044
　　我的海岛生活　　　　　　　　　　　047
　　海南的风雨　　　　　　　　　　　　050

像三亚的红树林一样生长　053

隐在闹市过生活　055

让多忧的心思转变成快乐的小河　059

做一棵深深扎根的大树　062

去吃清补凉　066

骑着单车去看海　068

探访临春岭森林公园　071

游西岛上凤凰岭　075

在这里也会有烦恼　079

探访迷宫一样的生活　082

落笔成文的生活才更加幸福　085

幸遇双彩虹　088

坐在公园的青草地上　090

2021年关键词：知足　092

爱的相聚　096

为美生活的现实价值　098

第三辑　旅行去　101

骑行三亚　102

认识槟榔谷　110

石梅湾与巴厘村　114

心中有目标，再远的路也能到达　116

打卡博后村和亚龙湾　118

国际玫瑰谷疍家渔排和猴岛　120

那些人那些温暖　124

慢慢地走，慢慢地看	127
目标海花岛	129
新书来贺	133
视觉疲劳之后	136
在这里一切皆有可能	138
今夜月儿圆	140
嘿，你好啊！	142
亚特兰蒂斯的"大鱼缸"	146
去博鳌，风景在路上	150
相见	153
寻找小东海	155
去看房子	158
打卡第一市场和鸿洲码头	160
在分界洲岛上	162
这是一个美好充实的冬天	165

第四辑 民宿生活　　　　　　　　　　167

年里年外的那些幸福时光	168
奢侈的新年	170
南海之滨的生活日常	173
满心感动	175
为美痴迷	177
我在圈里圈外的美好生活体验	179

第五辑　回到城中　　　　　　　　　　**183**

　　那些美美的事情　　　　　　　　　　184
　　天转星移的美好夜晚　　　　　　　　188
　　西线看房子去　　　　　　　　　　　190
　　此间功课　　　　　　　　　　　　　193
　　五指山的诱惑　　　　　　　　　　　196
　　到海口去　　　　　　　　　　　　　199
　　难忘正月十五元宵夜　　　　　　　　203
　　杧果园采摘去　　　　　　　　　　　206
　　那些滋养过我的美食　　　　　　　　209
　　熟悉的陌生人　　　　　　　　　　　211
　　海棠广场之行　　　　　　　　　　　214
　　三亚的冬天　　　　　　　　　　　　217
　　吃榴莲小记　　　　　　　　　　　　219
　　海岛上的木棉花　　　　　　　　　　221
　　我在白鹭公园　　　　　　　　　　　223
　　去亚龙湾中心广场　　　　　　　　　227

第六辑　回去的时候　　　　　　　　　　**229**

　　请你吃个清补凉吧　　　　　　　　　230
　　到了说再见的时候　　　　　　　　　232
　　继续为回去做准备　　　　　　　　　236
　　告别的时候　　　　　　　　　　　　238
　　回家，一天在路上　　　　　　　　　240

　　后记　　　　　　　　　　　　　　　243

第一辑　初来三亚

这个冬天，我要去三亚了。在那里我会有什么样的遇见，过上什么样的生活呢？我有点忐忑，也充满了期待。

一路上遇见许多人

2021年11月24日早上6点多,我和老公吃了早饭,一起出门。老公开车去上班,我坐他的车,去车站乘公共汽车。

今天,我就要去三亚了。中午我要到达洛阳北郊机场,下午3:30的飞机,飞往三亚,傍晚7:05到达三亚凤凰机场。

老公把我送进小城的汽车站上班去了,我拖着拉杆箱,背着背包,走进购票大厅。同事的妹妹在门口值班,让进来的人扫行程码做登记。看见我,热情地打招呼,让我把背包放在沙发上休息,说我来得太早了。我心里有数,早一点比晚了强。我和她说笑着去买了票。

时间确实尚早,我和同事的妹妹聊天,然后去车站院内跑步。冬天的早上有点冷,我穿了一层又一层衣服,外面的羽绒服有点薄,我跑了一会儿就不冷了。我很开心,就要开启三亚旅居生活了,我的心里装满了对新生活的期待。人一旦有希望,就精神百倍,不会失落。

汽车司机姗姗来迟,快8点才到。我们8:10准时出发。出发时车上只有两个人,半道上又上了一些人,又下去一些人,到达洛阳汽车站时11:10。一路上,司机和我聊天,聊他有过的一些经历、看过的风景,沿途经过小浪底,他还提醒我欣赏。总之一路上,我一点都不寂寞。

我第一次来洛阳汽车站,咨询了工作人员,说我乘1路公交车就可以到达北郊机场。我用微信付了车票,20多分钟后到达了北郊机场。

又是一个第一次,之前我根本不知道洛阳还有个机场,我以为河南只有一个新郑机场。洛阳北郊机场不大,相当于新郑机场的一个小角落而已。不过疫情期间，这也是出行最好的选择，人越少越好。

进去候机，发现对面几个女人在交谈，听口音是老乡。我和其中一个女人聊起天来，原来她也是去三亚的。这下我有了交流对象，我们两个人互相了解要去的地方。在我们居住的小城，我们相距也不远。老乡是去玩的，一家人在三亚湾租了个2室1厅的房子，七八千住一个月。我呢，是想去旅居过冬，准备过了年再回来。虽然我是一个人出行，我也不担心，因为我的儿子在三亚崖州湾海边做民宿，虽然还未开业，正在积极筹备中，有什么事情会方便很多。

没想到过了安检上了飞机，我竟然和另外一位老乡坐在了一起。交谈中得知这位姐姐60多岁，身边的小孙子4岁多。2003年她在三亚买了房子。这次她带着几位朋友去她家玩。一路上我们交谈甚欢。从她那里我又了解了一些三亚的情况。这真是出了门，还不定会遇见谁呢！遇见了，又不知道会了解哪方面的信息。这也是一种成长，比一个人在家里叹息孤独要好千万倍。出行，让我开了眼界，认识了不同的人，感受了不同的生活。

这一天，虽然我一直在路上，可沿途就看了许多风景，遇见了不同的人，知道了许多人不同的生活。比如司机给我介绍他出行的趣闻，他说他跑惯了车，在家里待不住，喜欢在路上。他的一个司机朋友邀请他去新疆景区开车，既能欣赏风景，又能挣大钱，每月一万多。我去过新疆，知道那里的大草原与大河景观非常漂亮，我觉得这是个不错的选择。比如我在飞机上，身边坐着的这位姐姐的家人有远见，在三亚买房的时候房价才不到两千。她每年都去三亚过冬，过着自己喜欢的生活。如果不出门，哪会有这么多开心的事开心的人，打开自己的眼界！

我喜欢在路上，就是这样的感觉，不会寂寞，总会有不同的人，在分享着不同的生活，让我们感觉生活新奇有趣。

其实，我以前从未有过这样的经历，一个人去一个城市，不是跟旅行团，是想在一个陌生的城市旅居过冬，住上三个月的时间。我的心里多多少少还是有些忐忑，我不知道能不能如自己所愿租到便宜又合心意的房子，不知道能不能在一个陌生的城市住下来，并且生活得很好。

但一想到儿子在三亚，虽然不在市里，虽然他正忙着做民宿的各项工作，但有儿子在，我便又放心了许多。

儿子不知道我想住什么样的房子，所以这件事情只能在我到达三亚后，才开始找房子。只要有儿子接机，第一个晚上能好好住下来，我便不再想那么多了。飞机提前了半个小时落地。儿子和朋友开车来接我，然后驱车去了市里。

吃过饭，儿子带我住进了一个早就订好的复式小楼。地点就在三亚湾，一个二十六层的电梯海景房，我可以到露台上吹吹海风，看看夜景。房间是民宿形式，很古朴的色调。我住在楼上，也许是困了，躺下来，便睡着了。

在三亚市找房子

　　早起。走到阳台，我便看到了蓝色的大海。高楼、椰子树、大海，就是眼前的风景。在露台上看三亚市，白色的楼盘，蓝色的天空，绿色的热带植物，真是一座漂亮的城市！

　　早饭后，我们去看房。一个长居三亚的老乡推荐的地点是港门社区。儿子便开车去了那里，老乡也开车过来了，于是我们三个人一起去看房子。我开玩笑地对老乡说，你今天的任务就是给我找房子啊！你可得完成任务。老乡笑笑说，房子多着呢！于是我们在三亚市的港门社区一家一家地看房子。有房子出租的人家，往往在门牌上都贴有电话号码。儿子和老乡一家一家地打电话。看了三四家，每个房子都有一定的不可心之处。比如第一次看的房子在三路DD号，走进房间，感觉很满意，方方正正，比较干净，有厨房、卫生间、冰箱、梳妆台、大床。这个房间的窗户虽然有两个，但房子朝着内部，房间不是特别敞亮。老乡说不急，再看看。于是我们又看了几家，但又有各种不合心意的地方。已经过了中午十二点，我们先去吃饭。老乡想回距离三亚市几十公里之外陵水的家，本来邀我们一起去的，但儿子下午还有事，我只好让老乡先回去了。吃过饭，我和儿子对比了一下，决定不再看房了，就订了第一次看的房子。虽然那房子的房间不够敞亮，但我白天几乎都要出去，外面那么美，我不是来这里住房子的，是来看风景，感受这个城市的生活的！晚上能住就行。我们交了三千五百元的房费和一千元的押金，签了三个月的合同。就这样，我找到了房子，要过了年，正月底才回家乡去。

订过房子，儿子开车带我去他做民宿的地方取东西。儿子说他那里有厨具，有被单，有各种生活用品。我也想去民宿看看，只是心疼儿子来来回回得跑好几趟，晚上还得再回到民宿去。儿子说没事，开车就上了高速。

他做民宿的地方在崖州区的一个村子里，感觉有好远的距离。大约一个小时，我们才到达了那里。真是一个安逸的海边村子！儿子常常拍视频，视频中的小楼出现在视线里时，我的眼前豁然一亮。小楼的门前就是大海，海浪声声，我的心一下子就变得非常安静。白色的小楼非常漂亮，与蓝色的大海遥相呼应，是一个休闲度假的好地方！

走进院子，干活的师傅说我好年轻，我礼貌地笑着。院子还在施工，有点乱。儿子的朋友也出来了，叫了声阿姨好，是一个帅气的小伙子，我们简单聊了几句话。儿子一走进院子就被施工的师傅叫去商量什么了，我独自上楼去参观。

小楼共分三层，装修得不错。只是还在最后施工阶段，还未收拾好，有点乱。我能感到品质挺好。我一个房间一个房间参观。在三楼的星空玻璃房看海，一览无余，三面都是大海，感觉特别惬意。

下楼来，看到院子里的游泳池还未完全收拾好，花带里的花，刚栽了一部分。我到海边去，沙滩上只有两个人。海浪一浪一浪拍打着岸滩，感觉特别浪漫。回头看小楼，就像一座白色的梦幻城堡，天地海都是很美的一种感觉。我感觉民宿位置选得不错。往日对儿子的担心也随海风而去。我在这里走了一圈，更加了解了儿子的付出，觉得儿子有梦想，努力在做着自己想做的事情，值得鼓励。

因为儿子把我送到市里，晚上还得从市里回来，我简单看了一下民宿的房间，便催促儿子收拾东西回市里去。儿子和施工的人在交谈着什么，听到我催他，赶快去收拾东西，电压锅、炒菜锅、电饼铛、暖水壶，以及床单、被子等，能提供的东西都给了我，我心里感觉特别温暖。

回三亚市的路上，我和儿子聊了许多。我进一步了解了儿子创业的情况，说了许多鼓励孩子的话。也许这就是最好的理解。不做拖后腿的父母，让孩子尽量轻松去追梦。交谈中，知道原来儿子说的有事，是在网上订的鲜花来了一天多，需要快点栽进花带里去，一千多元钱的花呢！我说今天不早了，回去要早点休息，明天早上起来再种花吧，儿子应了一声。

回到市里的时候，已经华灯初上，港门社区车多人多，很不好走。儿子在我的住处附近停车，把厨具、被子等抱上楼，然后开车去找昨天同来的朋友了。

儿子回去了，我上楼打扫卫生。上床睡觉的时候，已经夜里十一点了。我和家人通了电话，便一觉睡到了天亮。

找到了我想要的感觉

早上起床,简单洗漱,下楼,准备在外面吃饭。先去逛了菜市场,看了一下周围的情况,发现什么都有。卖菜的卖米面的超市,卖热带水果的小店,卖各种小吃的饭店,城市的烟火气在这里一应俱全。我喜欢这种感觉。找房子的时候,老乡问我到底是喜欢热闹还是喜欢安静,我毫不犹豫地说自己喜欢热闹。这次来三亚,我一个人在市里生活,当然是有吃有喝有人热热闹闹是人间繁华的地方才好。这房子找得真对,楼下有各种小吃,卖馍的,卖豆腐的,卖各种民间糕点的,什么都有,正合我意。

我在一个小店吃了一碗椰奶西米露,一个茶叶蛋,就饱了。吃过饭,我去买了些蔬菜送上楼,然后去闲逛。终于可以安静下来看看这个城市的真面容了。

我怕自己迷路,沿着小巷一边走一边拍一些标记,没有想到我走着走着走出了港门村社区。社区的标牌紧邻着河东路,河东路旁边就是三亚河。我心里有着小小的窃喜,走过斑马线到对面去。路边,一棵棵大树,虽然树干已经不年轻了,但树叶青葱繁茂。走在绿荫浓郁的大树下,我的心里感觉好惬意,我喜欢这海南的绿色大树!它们具有一种别样的优雅风情。

绿荫下一群一群的人在跳舞,有广场舞、交谊舞,还有人在唱歌。一幅歌舞升平的温馨画面。

当我在北方的冬天里叹息自己退休了,一个人在家孤独的时候,这么多退休的人在热情似火的海之南愉快地过着自己的休闲生活。我再一次为自己选择来三亚过冬感到欣慰，我们应该把好时光过成幸福的样式才对啊！不能在大好的时光里空空叹息。趁自己还年轻，要过一段让自己不后悔的人生。

漫步在三亚河边，看河水清绿，看对岸楼盘林立，看身边的人们翩翩起舞，看翠绿的大树在天空中如伞一样伸展枝枝杈杈，我的心安静舒展。这就是我想要的感觉，我喜欢这样过生活！

下午，我沿着另一个方向去探寻城市的容颜，竟然走到了临春河步行桥。站在步行桥上，看河水悠悠，人们你来我往，我的心里不知道多么满意！

我喜欢三亚这个城市！

我喜欢我居住的这个城中村！

三亚的风景，在儿子上大四的时候我们已经来看过了许多次。这一次，我来三亚就是想看看这座城市真正的面目，过一过那些最接地气的生活。现在看来，选择住在城中村里无疑是最好的安排。

我非常满意现在的状态。楼下的烟火气让我生活无忧，我不想做饭了，可以到楼下去买热带的水果，去吃这里地道的美食，还可以到周围的公园去走走看看风景，感受我的诗和远方。才住下来一天，我就喜欢得一塌糊涂，脚都走累了走疼了，还想走走看看，体会那些我未曾有过的生活。

三亚白鹭公园漫步

　　安排生活方面的事情基本结束了。今天开始，我要去一些地方，比如去找找白鹭公园在哪里。

　　早饭后，我沿着港门村的街道向前去，左拐右拐，走上了临春河路。然后没过多久，就上了一座桥，过了桥，就是白鹭公园。

　　路两边的椰子树在风中摇晃得厉害。风急的时候，把椰子树的大羽毛叶子吹得缓不过气来。好在只是一阵子，风过去，椰子树的叶子飘飘摇摇，便又恢复了原来的模样。

　　白鹭公园真大。一个中午，我只走了一部分。大概也有另外一个原因吧，这几天我一直在走路，看房子，看风景，脚都走疼了。所以我放慢脚步，缓缓地走，慢慢地看，在公园走走歇歇，走了一晌，只是看了公园的一部分。

　　我是真喜欢海南的植被，椰子树的大羽毛叶子里面藏着疙疙瘩瘩的大椰子小椰子，叫人感觉别致。还有一些叫不上名字的植物，开着奇异的花，我从未见过。也有些树，仿佛一些人特别爱纠缠在一起，老藤在空中缠绕，组成一个藤架，像一个天然凉亭。临春河上的红树林更是深深地吸引了我，那一堆一堆浓绿的叶子，仿佛一个一个绿岛堆在水上面，让我感到生命的神奇。最奇妙的是它们下面的根，有点儿像榕树，但真的不是榕树，榕树的根凹凸不平，分散开扎在土里或水里，红树林却不是那样，它们的枝端分叉，枝杈向下扎在土里就固定下来，浮在水上就腾空悬着。几乎看不见每棵树的主干，所有的枝杈向上长叶子，向下又长出无数的枝杈，仿佛一根根小棍子支撑着密密麻麻的叶子，而叶子绿得发亮，挤挤挨挨，长在水上面，像堆出一片一片的绿岛，非常有生机。

走在白鹭公园，我看看这棵树，再看看那棵树，慢慢地走，慢慢地欣赏。一阵风吹来，我会与摇动的树一起陶醉，绿叶婆娑，浓荫翻飞，一中午，我都在欣赏着热带植物的美好。

公园里有许多人，有的在学习演奏乐器，有的在打太极拳，有的在唱歌，还有的在给人按摩颈椎。走在这海南的绿荫下，我的心里是醉着的。

回去的时候，脚都有点疼了。

下午，我还是忍不住又过了临春河的步行桥，去了白鹭公园。在河边，我瞅见一些人在低头看着什么。后来发现，河边泥滩上有许多星星一样密集的小洞，里面钻出一些灵活的小物，我听见旁边的人讲这小物叫独角蟹。有人经过，那些小物齐刷刷躲进洞里，行人走过才一会儿，它们便又探出头来，这小蟹真多，一旦有人经过，它们立马又躲入洞中，真是有意思。我看了老半天的时间。

想起那句歌词：我想就这样虚度时光。感觉正合我目前的生活。就这样，让我虚度时光吧。欣赏着海南的绿植，研究着一群不认识的小物，我在风中悠悠走着，悄悄感受着，不同的地方，不同的风光，滋润着我的心思。我窃窃地欢喜着，想，没有一个人的生命不值得珍惜。我也一样，爱自己，让自己尽量生活得有趣些，舒适些，才对得起这前半生的辛苦啊！

傍晚的时候，许多人身着盛装，来到公园，放了音乐，跳起了舞。我虽然是一个旁观者，但和她们一样欢喜着。生活，总得有多种方式，让心快乐，才最值得。

走出公园的时候，我又发现了一种大树，状如大伞，绿叶青葱，下面悬着长长的细线，线下垂着一个大花生一样的长果子，有意思极了。

我掏出手机拍了许多照片，一边拍一边想，这热带植物，真是长得奇妙，不但树形美好，而且这么奇特，让我感觉生活充满了无限乐趣，充满了说不完的美好。

就这样，在这种奇妙的环境中虚度自己的时光吧，我的心中充满了美滋滋的意念。

回家去，我查阅了一下资料，原来这种树叫吊灯树，也叫腊肠树，来自非洲，它的皮可以治病，里面的果肉可食用。

世界是一本丰厚的大书，在三亚，我又长了许多知识。

稀里糊涂地爱上一座城中村

越来越喜欢我旅居租住的这个城中村，不但烟火味浓郁，可以到处看风景，而且刚来那天找房子时，看到街道上还有基督教会，可以去听道。

周日的早上，我收拾好东西便去了教会。记不清在哪一条路上了，但知道教会离我住的地方不远。便沿着小巷去寻找，找了几个巷子也没有找到，问了几个路人，终于找到了。我的母亲信耶稣，母亲去世以后，我好像寻找失去的母爱一样，也有了母亲的信仰。我在教会安安静静听人讲道，内心变得宁静祥和，充满安慰，我感到生命因此而更加富有。

下午没事儿，去临春河边漫步。有风，我沿着河边栈道，看椰子树在风中大幅摇动大羽毛叶子，然后恢复平静。以前在老家看到别人在抖音里发椰子树的图片，我总是很羡慕，现在可以天天走在椰子树下，这感觉真好。一路上，椰子树像一个又一个朋友，让我感到海南的美好，让我的心里面一次又一次涌出欢喜。

临春河水面漾出波纹，波光粼粼，两岸红树林像飘在水上的绿色小岛，我越看越喜欢。在潮见桥边，我看到一棵大树，树冠硕大，形状美观，被风吹动，树叶潇洒起舞，看得我双眼迷离。想知道这树的名字，正疑惑的时候，看见树上有几朵花，霎时间明白，这树原来就是合欢树。旁边有一棵大榕树与合欢树并肩比美，树冠也硕大漂亮。放眼望去，空中像飘着两片绿色的大云朵一样。

唉，我总是为自然中的植物之美陶醉得稀里哗啦。小时候我在村子里长大，在土地上奔跑，形成了对自然中植物的深度喜欢，长大后这种喜欢被演绎得没有边界。别人不在乎的事，我总是留恋赞叹感慨万分，我为生命的强大而感慨，也为生命的美好而有着说不尽的热爱与痴迷。

也不知在河边走了多久，回去的时候，我的内心欢喜得像灌进了源源不断的江河，我感到生活是如此美妙，仿佛有着说不尽的美好。

半路上，我感觉脚都走疼了。去路边扫了一辆单车，骑上车却又不想回家了。我在椰子树下飞奔，一直向前去，想到"美丽之冠大树酒店"去看看，也没有多久便到了。我很兴奋，骑到酒店楼下反复欣赏那几幢大楼的别致与气派，多角度拍照，还发了抖音，才心满意足地离开。

住在城中村，各种小吃店，各种美食一应俱全，生活很是方便，我便以此为中心，不断地到各个方向去探寻。几天的时间里，我对周边环境渐渐熟悉，去白鹭公园已经驾轻就熟，不会再走错路。我真是白天也去，晚上也去。很多人在公园跳舞，临春河的步行桥下有一群又一群的舞者，不同的音乐，不同的节奏，有人声鼎沸的感觉，在这里一点都不会感觉寂寞。

昨天晚上房东通知我做核酸检测。所以今天早上我便又扫了单车，开了导航，像探险一样，我一边走一边看路标，终于找到了人民医院。这次出行来三亚，我一个人在市里生活，第一次学会了导航，第一次学会了扫单车，有了许多新的体验。我感觉自己又有了许多成长。看来人必须得经常出发，才会不断进步，才不会觉得老之将至，无所事事，空空叹息。

傍晚我又去了白鹭公园。走过步行桥，我在湖边坐下来。有人吹着萨克斯，曲调悠扬，我陶醉在音乐里，看着远处的"大树酒店"像几片巨型树叶插在青山绿水间。湖水悠悠，水面如洒了碎银，天空晚霞飞红，天地纯净，白鹭优雅地飞在红树林上或游于湖边。我坐着，心里充满了美好的感觉。

放眼望去，到处都是绿色山峦，起伏的临春岭上，绿植毛茸茸长满山坡。眼前的临春河上，绿色的红树林像绿色的云朵飘在河道两侧。白鹭公园里的椰子树，还有叫不出名字的热带雨林，高高低低堆成一片一片绿色的风景，把三亚这片土地称作热土，真是名副其实。

所有的植物都青葱繁茂，大地上似有着无限的生机，虽然是冬季，却仍然温暖如春，热情如夏。晚霞退去，华灯四起，"大树酒店"的彩色灯光，明明灭灭在远处如舞台剧的灯光一样。白鹭公园里歌声悠扬。我忍不住把手腕抬起来，随风而舞，眼前的一切是如此惬意，让人沉醉。

我甚至想到了前半生的辛苦，正因为自己前半生努力，现在才有了这么美好的生活。望着天上的星星，我对天地自然充满了感激之情。正好有一架飞机飞过，仿佛流动的星星。这南方的城啊，已经叫我爱得一塌糊涂。

其实，我的需要真的不多，我不过是租了个小小的房子，住在了一个烟火气十足的城中村，就变成了一个完全不同的人，过上了与此前完全不同的生活。

坐在椰子树下，我心里的满足像河水一样丰富。想想我这个人总是有很多梦想，梦想都不大，很容易就变成了现实。比如坐在椰子树下，享受天地之美，就是我曾经有过的一个梦想，今天就变成了真实的生活场景，我真的非常感恩非常满足。

我真喜欢这个烟火气十足，雨林繁茂的城中村子。

有一颗浪漫之心

我觉得，人有一颗浪漫之心真好。

午休后，我打开房间的门，去过道那边的阳台上，看早上晾晒的衣服干了没有。微风轻吹，感觉非常舒适。而更让我觉得舒服的是，阳台外面小街对面的两棵大树，虽是冬季，却依然油黑浓绿。风吹叶摆，两个硕大的树冠，美好地连在一起，覆盖了小街的上空，让我的眼前像有了一片油绿的海洋。

联想到这几日，我游走在港门村的角角落落，漫步在公园热带雨林植物下那种美好的感觉，我就觉得一切都真好。

这样想时，忽然又觉得不是外面的风景好，而是有一颗能感知生命美好的浪漫之心真好。

有时候同样的环境，别人说起来觉得不过如此，而我呢，却觉得处处都美。追溯缘由，其实也可能是因为自己从小培养了一颗欣赏美好的心吧。

我在乡村长大，在村庄里生活，在田野上奔跑，对大自然有真切且生动的感知。长大后，热爱读书，大量文学书籍的环境描写优美动人，文字与自然长期的浸润，让我对天地自然非常敬畏和欣赏。加上自己工作稳定，不担心前途，不喜欢是非，时时保守自己，尽量让自己纯净生活，明白感恩与欣赏的价值，热爱写作，有自己的精神花园。这一切都非常滋润我的内心。

常有朋友说，我看什么都好。其实我喜欢优美的风景，喜欢安静的自然，喜欢与天地对话，不喜欢太吵闹的人生。偶尔的热闹让我感到生活有趣，天天热闹就会让我感到生活丢了味道。

我喜欢把心沉浸在文字里，沉浸在自然中，日久天长，便有了一种别样的从容与安定，看世界的眼光也与别人略有不同。

我喜欢安静，但我不喜欢孤独，我喜欢家人常常相聚，而不是长久分离。没有办法的时候，我就学会了自己安慰自己。比如这次来三亚旅居过冬。北方的冬天树叶飘落，万物凋零，我刚刚退休，孩子们又在外地工作，我想念但不能常见面，心里就有了许多失落。有一个声音在心底像篮球落地咚咚炸响一样升起：我不想这样失落地过生活！

一天又一天，这个声音提醒着我，一定得学会改变。于是我就有了来三亚过冬的想法，在种种考量之后，我终于来到了这片热土。

我是真喜欢三亚的冬季，蓝天白云，青葱的雨林，像花一样滋润着我的心灵。这几天我漫步在三亚的大街小巷，看各种树木勃勃生长，风光无限，那么多的人来来往往，过着热热火火的生活。我真感激自己在生活状态不佳的时候，学会及时调整及时改变，我庆幸自己来了三亚。这是多么好的一种崭新的遇见！

我以自己居住的地方为中心，每天去不同的方向，欣赏这座城市的河流、大树、道路与建筑，就像用心触摸这座城市的灵魂。南国的椰子树高大俊朗、风度翩翩，大合欢树风一吹，满树绿叶摇动，像空中摇起了一片绿波，如春风荡漾，万波起舞。大榕树与合欢树一起，遥相呼应，婆娑而舞，让我的心里涌起诸多感动。

我从小喜欢植物，漫步在临春河边，一转头，合欢树硕大的树冠让我痴迷，一回首，大榕树又葱绿了我的身心，椰子树在风中飘飘摇摇，说不尽的浪漫，河道两侧的红树林，则仿佛天上的云朵被染成绿色的云团，轻轻放在临春河的两边，又如绿色的小岛，连绵起伏，别致温暖。那红树林树下的枝枝杈杈，又仿佛告诉我，所有有个性的世界美物，都得学会自己支撑自己，才能有自己的风景。

　　还有许多地方，我还没有走到。那一天，在白鹭公园的另一个入口处，我看到一种奇特的树，状如绿伞，树冠下有长长的细线，吊着一个巨型的花生样的果子，我觉得有趣极了。我前前后后欣赏拍照，感觉自己真是开了眼界，原来世界上有那么多东西，那么有趣。我一次次庆幸自己，及时走出了北方冬天的寒冷，在南国的温暖里，有了太多的遇见。

　　真好啊！这几天，我的心中一次次暗自感叹着。生命如此美好，我们应当时时与陈旧的自我告别。走向新的生活，生命才会掀开一页又一页精美的画册，让我们感到万物美好，人间值得。

探险一般的小生活

　　早上起床，想看看城中村的早市情况。我下楼去，看人们忙忙碌碌，来来往往，忽然改变了主意，想去白鹭公园走一走，感受一下公园的早晨。我买了一盒豆浆，一个魔芋糖糕，用袋子提着去了公园。

　　白鹭公园离我的住处不远，走过一条小巷就到了商品街一巷，远远的，就看见临春河路上的椰子树，过了马路就是白鹭公园。我上了步行桥，慢慢地走，有人在摆摊卖菜，比如秋葵什么的，都是临时摆的小摊子，东西也很少，像是当地人自家种的菜吃不完拿来分享。

　　进入白鹭公园，就有音乐声传过来。各种晨练的团体，如广场舞、太极拳，都在有序地进行着。我沿着绿树环绕的步道向前去，公园太大，那天想走一圈，累了只走一半就折回来了，今天要走一圈。就像探险，到某个地方，自己不知道情况如何，去探访的时候，心中总有一种冒险的感觉。现在，我有的是时间，不急，缓缓地走，一边走一边看公园里的各种热带植物。别人看我是一个人，也许是孤单的，但是我自己知道，我心里是多么喜悦。这么好的地方，这么多绿色的热带雨林植物，在北方树木枯索的时候，我还能漫步在这绿色的植物之下，这种感觉是多么让我满足和幸福。

　　我常常还会一次一次心动。因为我总是会遇见一棵又一棵形状奇特又美好的热带树木，我叫不出名字，但它像美好的人一样让我心动，让我情不自禁掏出手机去拍照。拍完了我还会用手机上的"花伴侣"App去查一下叫什么名字，就像想知道一个人的名字一样，我的心里充满了好奇。像在公园里遇到了很多知己，这些树，就是我的朋友，让我很感兴趣。没有人知道此时的我，心里是多么兴奋和喜悦！

那些树常常有着青青葱葱的大树冠，或者密集美好的绿色小叶子，再或者整个树造型独特，或者还开着美丽的花儿，都是我从前没有见过的。我是真喜欢它们！就这样，我一路欢喜着，拍摄着，感动着，也不知道走了多久。

公园那边有一片椰子林，青青葱葱，很有意境。下面的草地也格外青葱生动，我打开"花伴侣"App去查找草的名字，原来叫"爬地草"。正在庆幸又认识了一种草的时候，抬头发现公园的对面就是大树酒店。我想去看看大树酒店距离公园有多远。没想到沿着椰子树下草地间的小路走出来，发现我竟然来到了三亚市图书馆的门前。呀，这可是我喜欢的地方！我从小爱读书，每个地方的图书馆我都喜欢。这对面的大树酒店我暂时不去了，我想去图书馆里看书。白鹭公园的另一边，我也暂时不想去了，以后有的是时间。我上了台阶，来到了三亚市图书馆的门前。我咨询了工作人员，他们说可以进去免费阅读，我觉得真是太好了。

我走进去，像别人一样，向工作人员要了个号。走进阅览室，里面已经有了一些人，一人一桌在静悄悄学习。一个女管理员过来告诉我，自由阅读的人可以不拿号。我看了看，拿号的人大多是大学生之类的人。我去书架上找书，看到许多文学杂志。好久没有读文学杂志了，许多我熟悉的名字比如《芳草》《当代小说》《名作欣赏》《长江文艺》等出现在眼前，我真喜欢。我从其中拿出来一本《中国作家》杂志，走到我的位子上。我翻开了杂志，第一篇是范小青的《渐行渐远》。不一会儿我就沉浸在文字中了。这篇小说大约有3万字左右，写一个中学男教师退休之后，不服老，被各种情绪纠缠，被儿女嫌弃，被社会上的诸多人嘲笑，各种经历看似搞笑，实际上充满了人间心酸。让人明白，人老了是多么希望被别人尊重，而自己呢，也生活得体面。可是又身不由己，充满了无奈。我竟然在此时读到了这样一篇小说，年轻时大概是不懂也不愿意看的，现在都懂了，人老了好好爱自己，多体谅别人，尽量把自己的生活过好，不给他人添麻烦，温暖过生活才最好。

我安安静静读完了这篇小说，想到昨天我做的核酸结果，得去取回来，就把杂志放回原处，走出了图书馆。我沿着公园的林荫路回去，已经10点多了。

走着走着，看到一个出口，通向另一个方向，我就好奇地想去看看。没想到出口尽头的这条路，原来就是凤凰路。我在公园入口处的路标上看见这个名字，还以为有很远的路程。现在误打误撞，走到了凤凰路的人行道上。真好啊！我真喜欢这条路的名字，我觉得它应该很美，现在看来，我的想法是对的。

这条路，空中绿叶遮天，路上满地花荫，花带里全是油绿的长叶兰。整条路，上上下下，全是绿色。我走在人行道上，看着这浓荫、这树影、这让人欢喜的绿色，缓缓地走，特别享受。微风轻吹，更让人感觉天地如此美好。我觉得三亚真是一座优雅的城市！有这么多的绿植，总是把我的心里装满无限的柔软与浪漫。当然也许有人对三亚的感觉是不同的。但是那些青葱的热带植物才不会管别人说些什么，它们只喜欢优雅地生长，你来与不来，你说什么也都没有关系。

原来白鹭公园真的很大。另一边我还没有走到，但这边风景已经如此之好。凤凰路就在白鹭公园旁。这么美的路，这么美的公园，让我这个平凡的人觉得自己也变漂亮了。

回到商品街，我扫了一辆单车去人民医院取核酸结果。在医院拿到报告后准备回去。出了医院，又想，何不向前去看看，新风街的那一端又有些什么呢？这样一想，便直奔前方而去。过了几个路口，我竟然远远地看到了大海！湛蓝的海水，在椰子树下，像涂抹了一道蓝色的水平线，我禁不住兴奋起来，加快速度向那里奔去。我竟然还看到了曾经住过的凤凰岛！

就这样我骑着单车来到了三亚湾路上。我一路飞奔向前。椰子树就在路两边，大海就在路那边，这样的情景，以前我曾经多少次在别人的视频里看过，现在置身其中，完全是一种非常幸福的感觉。这感觉在我心中汹涌奔腾。也许别人看到的，只是一个骑着单车的女人，可是我知道自己是多么快乐！我仿佛回到了年少青春的时光中一样。

也不知道在三亚湾路上骑了多久，后来我锁了单车，来到了海边的沙滩上。我脱了鞋，赤着脚走在海边，沙滩热乎乎很舒服。我想坐在沙滩上晒会儿太阳，沙子很干净，我坐了下去，温热的感觉让我觉得惬意。

中午十二点了，我也不急。沙滩上的人不多，我看着蓝色的大海，一浪一浪翻涌着浪花，海上有船只，空中有直升飞机，一切都那么美，那么有意思！我在中午的阳光中，迷迷糊糊地想，这是多么美好的日子啊！我感受着椰风海韵，我想一直这样坐下去。

真美啊！回去的时候，我望了又望，金色的沙滩，蓝色的大海，绿色的椰子树，造型别致的凤凰岛。我感觉自己像在画中，又像在梦里。

真像在探险一样！我总是有新的发现，有无数的感动。我真喜欢这种陌生城市里的新奇生活。

晚饭后，我又去了白鹭公园。跳舞的人在公园入口处，里三层外三层，跳得热热闹闹。而我安静地坐在湖边，看白鹭优雅地飞在波平浪静的湖面，飞向绿岛一样的红树林。这时候，我不由得再一次想，这样过日子可真美啊！

一篇抒情日记

　　住在港门村真好。烟火气浓郁，购物方便，生活也舒适，还可以去教会就像在家乡的小城一样，又比我的小城更加丰富。这里有看不完的热带雨林植物，有尝不够的海南美味。这一段时间，我常在外面吃美食，蔬菜吃得少，中午我在家里炒菜做饭。

　　午休后，我想出去。就在商品街扫了一辆共享单车，骑着去了河东路。过新风桥，去新风街，在新风街尽头来到了三亚湾路。一路椰子树陪伴，我来到了海月广场。

　　这里有沙滩运动节，人多，我想来瞧个热闹。女子啦啦队正在喧嚣的强音乐里舞蹈。之后，主持人致辞。开幕仪式完毕，进行篮球比赛。

　　我去沙滩上休息。大沙粒被太阳晒得热乎乎的，踩上去很舒服，我走了一会儿，就坐了下来，听海浪声声，冲击沙滩。我真喜欢这种感觉！

　　周围的人，来来往往。我坐着，心静如水。海面上有船，近处是快艇，不远处有帆船，大船在最远处。听涛观海，什么也不用说，就很美。夕阳西下，晚霞满天，甚是好看。我有些不舍，在天快要黑的时候，扫了一辆单车骑车离开。

　　从晚霞满天到夜幕降临华灯初上，我骑着单车飞驰在三亚湾路新风街河东路上，椰子树、大榕树一路陪伴，如行在绿色的长廊里，我感到惬意至极。

　　傍晚我和家人视频聊天，互相了解了彼此的生活。之后，我又去了白鹭公园，凉风习习，人们在散步在跳舞，各有自在。我走了一会儿路，跳了一会儿舞，慢慢回去，心里装满了幸福。

我越来越喜欢这个叫作港门村的村子。它就在市中心，我从这里出发，去各个方向都很方便。我可以在这里吃好吃的，也可以以这里为原点，出发去看不同的风景，真是喜欢极了。

有时候，快乐就是这么简单。一辆单车，让我可以任意奔驰。一路椰子树，让我心里诗意荡漾。一片海滩，让我秒回童年。一片海洋，让我心情悠然。一个公园，让我自在安详。我感觉人生如此，夫复何求！

我从寒冷的北国飞来，我在南国的绿荫里幸福得无言。我唯有感恩，唯有珍惜这人间的美好岁月。

沉浸下去感受生活的真味

早饭后，我想带着笔记本去公园，找一个安静的地方，把这几天写的笔记在"语讯"App上录出来，就不慌不忙地去了公园。

沿着白鹭公园的另一边去寻找，谁知道公园的另一侧是运动健身的场所，有好多人，我走到公园的另一个出口也没有找到一个安静的地方。有时候好不容易有个安静的地方，我上前去，里面已经有人占领了。我在公园走了一圈，也没有找到一个能安静工作的地方。看来，我想在公园工作的想法，不够现实。

我走回家去。忽然想吃大虾，就去买了半斤回来。把米饭蒸进锅内，开始做大虾炖豆腐。还行，煮熟的大虾鲜甜可口，我比较满意。

下午，我在家里录文章。录了一篇又一篇，一直工作到4点多，总共录了七篇。累了，出去散步。我又去了公园，在一个出口，我走上凤凰路。沿着凤凰路一直向前走，没想到离公园越来越远。我不想回去。探险的念头又在心里冒出来，我想看看，沿着凤凰路不进公园去，我能走到哪一条路上。

好长的路啊！我沿着公园外围，走着走着，后来看不见公园了，这条路还不到尽头，我都有点后悔了。怎么一直走不到头呢？不会越走越远吧？怀着许多疑问，我也不想回头，就脚步不停，一直向前走。我心里怀疑着，也不想回去。就这样，我终于走到了几条路的交叉口，转个弯，发现到了游船中心。上了大桥，我立刻就明白过来了。那天我来过河对面，拍过视频。我走上了大桥，华灯初上，到处都是灯光。我走啊走啊，走到了河对面的路上，原来这就是临春河路。我想，沿着这条路一直走过去，一定会走到白鹭公园的入口处。

果然是这样。尽管我走了很久的路，但我明白了白鹭公园周围的情况，心里很喜悦。

老远就听到人们跳舞的音乐，我终于又回到了公园的入口处。我是真正地沿着公园的外围，走了大半圈呢！

在路上，我心里想了许多。仿佛我用脚在丈量着这片土地，用心在体会着这座城市的一切。如果说刚来的时候是坐着飞机，心在空中飘着，现在就是随着了解的加深，一步一步把心沉静了下来。也可以说，我已经开始沉浸式地在体验这座城市的生活。

每当我走在茂密的雨林之下，感受着热带植物蓬勃的生命力的时候，心中都会给三亚这座城市下定义。我觉得，这是一座热情优雅的城市。而当我来到海边，看着椰子树，踩着沙滩，望着辽阔的大海时，又会觉得，三亚是一座美妙浪漫的城市。当我在城中村里吃着美食，感受着水果的芳香时，我又会禁不住地想，三亚真是一个味道芳香甘甜的城市！

我住在一座城中村，沉浸在这座城市的生活深处。我正在一点一点揭开这座城市的真实面目，明白这座城市的真实气质。

沉浸下去，一棵树，一个水果，一碗小吃，一次漫步，都是我触摸这座城市的方法和道路。我喜欢这座城市冬季的热情与舒适，优雅与浪漫。这是一座滋味俱全美好浪漫的城市！

不要忘记初心

能喜欢就不要悲伤。过去的事就让它过去吧，过去的生活也让它过去吧，过去的一切烦恼都让它过去吧。

昨天，老家的一个朋友给我打电话，讲了一件过去的事情。那件事情曾经让我非常尴尬，现在又影响了我的心情。我想让过去的一切都过去，不想让那件事情的影子影响我的生活。

早上起床后，我又去了教会。中午回来做饭，也不想出去了，就在家里待得时间久了一些。心里面不知道怎么就有了往日在老家时的低沉与消极情绪。看来，下午我得出去了。

不要忘记初心！那么远的路程，我来到三亚是来体验美好生活的，不能浪费这宝贵的时光。

那么收拾一下，出发吧！热情的阳光、蓬勃的雨林，会让我明白什么是最值得的生活。或者去看看大海，让海风吹走一切烦恼。每一天都是新的，不要忘记认真生活，享受每一天的馈赠。生命是如此宝贵，坚决不能浪费。

这样想的时候，我便骑了一辆单车又去了三亚湾。海月广场上的运动节，好像结束了，没有什么活动在进行，只是场地还在，行人来来往往也不少。椰子树下坐着的、走着的、唱着歌的，都挺悠闲。我沿着椰子树环抱的三亚湾，去了另一个方向，我想去凤凰岛附近的沙滩上休息一会儿。

这里有直升飞机在空中盘旋，我锁了单车，去沙滩上晒太阳。我坐在沙粒上什么都不再想。大海一望无际。海上泊着一些船只。凤凰岛上的高楼，像大棒球一样别致。不时有冲锋舟在海面飞掠而过。我坐在沙滩上，望着眼前的一切，感觉自己心平气静。我已经把昨天的不愉快忘到了脑后，就让一切过往都成为过往，不再干扰目前的生活。

来三亚，我想过个暖冬，并无太多诉求。现在每天都在欣赏风景，气候是这样舒适，我知足了。

回去的时候，夕阳正美，我忍不住又停下来拍照。如一枚金红色的大圆球，夕阳慢慢地落在远处的大船上，然后落进大海里。红霞满天，我透过椰子树，看着眼前的落日，感觉这日子太美太美。

不要忘记初心。遇到不开心的事情时，要常常提醒自己，学会珍惜美好时光！

改变从早起开始

做了计划，想开始早间跑步，早上我便早早收拾好，穿上运动鞋，去了白鹭公园。

前几次，我总觉得公园太大，一次也没有走完。没想到，今天跑着跑着就跑到了公园的另一个方向。真喜欢热带雨林，繁茂的大榕树，别致的大雨树，各种叫出名字、叫不出名字的植物，在冬季也青青葱葱，堪比内地的夏日光景。我在椰林间的小路上停下来，我欢喜地走在椰子树下。我喜欢这种安静又浪漫的意境。我流连忘返，遇见一个散步的姐姐，请她给我拍了一个跑步的视频。椰子树下青草地旁的早晨安静又诗意。

我在这样的环境中跑步，心里不由得就问自己，你还有什么不满足的呢？不要忘了自己是在退休的清冷寂寞里，在家乡凛冽的寒冬里，坐着飞机，千里迢迢飞来三亚的。是想换一种生活方式，让自己珍惜岁月，重新开启一段新生活的。

这样想，是不是感觉就不一样了呢？前天老家的朋友打电话说的那件事带来的烦恼还有意义吗？就让一切搅扰心绪的东西都过去吧，我应该学会及时清理不健康的意念。生命的每一天都那么宝贵，自己已经过了半百，还有什么不能放下？都过去了，跑步的时候，我把这些意念全都抖落了。

青青葱葱的雨林，挤挤挨挨的绿色，仿佛用不止不息的成长在提醒着我，生命的意义在于成长。放弃一些东西，获得一些东西，岁月更替，我们应该向阳生活。

沿着公园的另一边，我跑回去，发现没有第一次来公园再也走不到头的那种感觉了。也许那时候，我不知道公园有多大，把公园想得太大了，也许是我一步一步慢走，感觉太远了，也许当我迈开自己的脚步，大步向前的时候，难以到达的感觉被吓跑了，或者是我了解了公园的大小，心里不再有怕的心理了，心中有数，便不再觉得难以到达。

我在公园舒舒服服地跑了一圈，我是真满意自己今天的行动。在优雅的公园里慢跑是一种享受，跑着跑着，一切不良情绪都被踩在脚下了。心中的感觉如大树一样轻松，如热带冬季的阳光一样灿烂和舒适。

我走上步行桥，走过临春河路，去买了一个包子，又去吃了一碗椰奶西米露、一个茶叶蛋。我安安静静地坐着，享用美食，沉浸在这座城市的烟火气里。我觉得自己每天都在学习着、改变着，放弃一些什么，又收获了一些什么。只要不断探索，总会遇见自己想要的生活。

早饭后，我决定去三亚市图书馆看书。我再次过了临春河路，上了步行桥，来到了白鹭公园。走在椰子树下，穿越公园，去书店，这件事让我感到浪漫。至少对我来说是这样的。公园的大树是我喜欢的，在图书馆里看书是我喜欢的。我走进图书馆的阅读大厅，在书架上找到了一本心仪的文学杂志。在窗明几净的阅览室里找了个位置坐下，一人一桌，桌子很大，是我喜欢的空间。我翻开了杂志，把自己投进了文字的海洋里，我的心开始了另一种快乐的旅行。有什么样的幸福能像此时呢？有的，但当下，我只喜欢这样子做自己，欣赏着海南的风景，阅读着天下的书籍，心里安安静静，远离红尘喧嚣，如进入一片喜欢的森林。

读完一篇文字，特别想书写，我拿出自己的笔，打开了笔记本。我有感而发，像小河奔涌，把心思涂写在笔记本上。我感觉日子悠悠，岁月情长。就这样缓缓地过日子吧，岁月不会亏待每个热爱美好、热爱成长的人，哪怕很平凡也没有关系。

那么继续走想走的路，读想读的文字，过想过的人生。且走且珍惜且欢喜呀！

奇妙的海河倒流

昨天晚饭后，我一个人去了白鹭公园。我跟着一个跳广场舞的队伍跳了一会儿，累了，就坐在了公园的湖水边。

天空中云朵满天，浪漫舒展，眼前湖水粼粼流动，灯光绰约，很有意境。坐在湖水边，我发现了一个有趣的现象。白天，湖水距离河沿有一尺多深，湖面是平静的，现在，水从外面一直涌进来，悄悄地，并不张扬，在远处近处灯光的照耀下，看得很清晰。水清冽流动，一点一点在向上漫延，我觉得真是有意思极了。

前天，我就发现了这个秘密。夜里的临春河在悄悄上涨，而早上，河水又悄然退去，水位明显低了许多。我感觉奇怪，询问一个路人，他告诉我，海河相连，海水涨潮，河水便也跟着上涨。以前我只知道，大河奔涌流向海洋，在南海之滨的三亚，竟有河海相连，海水回流河道的景观。也许当地人已经司空见惯，对于我，却是如此新鲜，所以晚上跳舞累了，我就坐在了湖边的石凳上，坐在石凳上我就发现了这个秘密。河水从外边的临春河悄悄流进公园的白鹭湖，波光粼粼，又仿佛悄然无声，让我看得心动。

水很清澈，夜的光从各处照过来，落在水面上，色彩幻化成一串串彩色的光串，在水面上摇曳，清奇秀丽。大树酒店的红光那么远也赶了过来，落在湖心上，一块一块如软软的绸缎一样好看。毕竟是夜里，湖心小岛周围的红树林影影绰绰但不见绿色，远处的临春岭、凤凰岭上有灯光射过来，山岭连绵，与红树林的影子一起包围了公园。虽是暗夜，但是看起来一切都是那么美。抬头望天，满天云朵棉絮状散开。这是一个浪漫的海岛之夜。周围的一切让我感觉舒服。眼前的湖水仿佛有一个秘密被我发现，我喜欢它们在暗夜里淙淙流动，从大海流向河流，从河流流进公园的湖中。只是，我看着越来越接近河沿的湖水，心里挺担心，会不会海水漫上草地淹没了公园！

没有一个人担心，没有任何工作人员观察水位，只有我坐在湖水边的石凳上，悄悄地想静静地看，心中有着丝丝缕缕的担忧。

既然没有人关心这个事情，一定不会有危险的，我在心中告诉自己，继续看各处的灯光射在流动的水上，湖水清澈而好看。当然，我也特别留心，想看水到底会不会淹没公园。

有一些低的地方，水已经上岸了。水还在继续向公园里流动，周围没有公园的管理人员。不会有事的，我一边悄悄着急，一边暗自安慰自己。

肯定没事。我起身到湖边去看了看，湖水把低凹处淹没了，在一点儿一点儿向岸上漫延。我告诉自己，一定没事，不用担心。只是这个事儿像个秘密，让我坐在暗夜的公园里，又惊奇又享受。

多美啊！我把目光从眼前款款流动的水上面投向了远方，天空如此静美，云朵如此安详，山岭如此安逸，灯光如此诗意，多年前，我怎么也没有想到，我现在能坐在三亚的公园里，安享着冬季春天一样的幸福。

我想到了我的写作。许多人到了美好的景点认为也不过如此，我却常常在平常的风景里也能找到自己的欢乐。除了写作还是写作，写作让我学会了观察，学会了体味，学会了欣赏，学会了表达。我带着我的笔和本从家乡走向远方，我走到哪里都能找到自己的文字，找到自己心灵的家园。

其实，细想想，我觉得我是走到哪里都带着我自己，带着我自己的心灵、自己的眼睛、自己的笔、自己的写作。我一直在现场直播一样地进行着自己的抒情。

我感谢自己过去的努力，每一次精神的寻找都有意义。敢想敢做敢尝试，这样才能找到自己的幸福。

河水还在汩汩地向公园的湖里流着，我感觉这个夜晚，美好得像一首绮丽的小诗。我收回自己放远了的思绪，起身走到湖边，用手撩了一下水，水凉凉的很舒服。为了验证这些水是不是从大海里来的，我把手放到嘴里尝了一下，果然是咸的，是从大海里涌过来的！

这水位不会把公园淹没的，我也不用杞人忧天了。我起身回家去，且等明天来看公园里的小路有没有被大水淹没。

第二天早上，我又来到了公园。果然，我昨夜的担心是多余的。一切安好。水还在湖里，岸上草地未湿，椰子树优雅站立。一切都是平常的样子。

下午，我穿过公园去图书馆。像在一个陌生的城市，找到了一个心灵的家园，我读了一会儿杂志，写了一篇笔记。我在自己的精神花园里耕耘着自己的幸福。我喜欢这样避开北方寒冷的冬日，在海之南的椰风海韵中度过自己的日子。

晚饭后我又去了公园。我散步，然后在公园的湖水旁听着悠扬的萨克斯随风而舞。海水又开始倒流进湖中，水泠泠而动，逐渐漫过岸沿，竟然有两米多远。一个小姑娘好奇地站在湖边看了一会儿，面露惊讶，然后拍了一会儿视频走了。两个老者在不远处交流，然后看着水位上涨，说以前从未有过这么大的水。

我不知道过去如何，也不知道将来会如何，只知道眼前的大水款款而来，带着大海的气息，与天上的云朵相互映衬，是那么美好那么让人心动。我想写一本关于三亚旅居生活的新书！

我想起下午在图书馆看书，有一篇文章里有个词叫"借山而居"，我想把这个词改动一个字，叫"借城而居"，作为我三亚旅居生活的书名，

033

我感觉非常合心意。

  当我有了这种想法的时候，心里立刻有了许多力量，太多的情绪，太多的美好，太多的精力在心中汹涌，它们都是生命的重要组成，值得记录。我想把它们作为人生的回顾，作为新生活的印记。可以写这里的遇见，可以写这座城市的烟火、美食、植物、动物、山岭与海洋，总之有太多的内容都是新的，我愿意自己重启一个目标，成就一个梦想，然后在岁月中含笑收获自己的理想。我相信我能做下去。写，然后快乐。写，然后新生。写，然后重新启程。写，然后走向殷实丰富的人生旅程。

喜欢一座城市

喜欢一座城市是有原因的。

当我坐着飞机,从空中降落,然后走进一座城市,觅得一个住处,住下来,接下来要考虑的,便是吃的问题。

当我下楼去,走上一条街道,发现这里烟火气浓郁,有各种美食小吃,心里便一阵窃喜。我选了一家小店,走进去,发现这里早餐品种丰富。各种美食摆放在眼前,便令我更加喜悦。我要了一碗椰奶芋头西米露、一个茶叶蛋。我一小匙一小匙地吃着,吃着吃着便喜欢上了这座城市。甜淡的味道,软糯的口感,从未有过的体验,像装进一心喜悦。离开小吃店的时候,我觉得心满意足。我的要求并不高,我很容易就满足。第二天早上仍然去喝了一碗,仿佛已经成瘾。我贪恋那种味道,那甜甜糯糯的感觉让我心里欢喜。后来再去,我换了一碗鸡屎藤,青绿的颜色,看起来别致,别人吃那东西的时候,我禁不住在心里羡慕。尽管那名字不好听,我还是尝试了一次,口感也还是不错的,只是那名字太怪,吃的时候心里总想起鸡屎来,后来放弃了。还有许多种粥,什么银耳八宝粥、东北玉米粒粥、疙瘩红糖粥、绿豆粥,叫出名字叫不出名字的全国各地的粥都摆在眼前。进店的人可以随便挑选,很方便。有 4 元一份,有 5 元一份,还有 6 元一份的。我总是选一个 5 元的已经足够了。中午我吃了一份海南细粉,上面有花生米、香菜、瘦肉丝,口感也不错,能接受。总之,吃的问题解决了,我便不再惶恐。如果想自己做饭吃,周围有生活超市,卖菜的多得很,卖什么的都有,我住在了一个烟火气浓郁的城中村，所以生活无忧。就像那句话说的，人间烟火气最抚凡人心。

来到一个陌生的地方饿不着肚子，心中便会很踏实。我吃饱了饭出去溜达，发现附近有个公园，临春河像一条项链绕在公园的外围，红树林像一堆堆绿色的云朵堆放在河道两侧，是我喜欢的那种自然美景。过了步行桥，公园里有各种雨林植物，青葱繁茂，让我暗自心动。

叫出名字的、叫不出名字的许多大树，一棵一棵有着硕大的树冠，绿叶婆娑，叫人喜欢。漫步在热带雨林公园里，处处都让人好奇。这是什么树种？那一棵树又叫作什么呢？这些花又是什么名字呢？一个又一个问号，让我的大脑变得兴奋活跃。

漫步在公园里，仿佛走在一个神奇的大观园里，我真喜欢这遍地浓荫，这满眼绿色。像走进一本新奇的大书，我一页一页翻阅，一点一点研究，一次一次欢喜，一次一次收获。有这样的去处，我的心怎么会感到寂寞无趣！

明知道自己来到了海之南，怎能不去看海！某一天，我扫码骑上单车导航去了海边。不远，十几分钟就到了。一望无际的大海就在眼前。在洁净的沙滩上，我坐下来晒着午后的阳光。椰风海韵，我的心一下子就变得沉醉起来。闭上眼睛听海浪声声冲击沙滩，心仿佛跳上了海里的小船飘起来，自由地游弋，那感觉美好至极！

夕阳坠落时，我骑着单车回去。在椰子树下飞行，穿越在城市的大榕树下，绿荫遮天，心里喜悦无边，看海成了天天可以进行的乐事。

有吃的有看的，某一天我穿过公园，发现了绿荫外面市里的图书馆。于是有事没事我就成了图书馆的常客。在公园里走累了，在图书馆里坐下来，翻看别人的文字，像找到了自己的知己，找到了自己的伙伴。我的心在文字的海洋里起伏，欣赏着别人的风景，有了感觉，涂写在自己的笔记本上。我仿佛找到了精神深处的家园，不由得再一次感慨：我真喜欢这座城市！有蓬勃的雨林，亭亭的华盖在空中铺成了一道绿色的风景；有辽阔的大海，铺满夕阳浪漫心田；更有着让人心情快意甘甜的精神家园——图书馆；还有各种各样的美食小吃，让人感觉生活滋味芬芳。

各种各样的水果，更不必说。离我的住处不远有一条水果街，我每次从那里经过，长长的摊位上，水果品种丰富，我只取一种，便像带走了一条街的甘甜。

南来北往的人，在公园的河边，舞蹈的、散步的，总是络绎不绝。我想拍个视频记录自己的生活，总有好心的姐姐帮忙，拍出的视频总是让我非常中意。

当我在旅居的出租屋里休息时，周围总是早早的就有人声响起，这让我一个人在外也不觉得孤独。楼上楼下的人声，让我知道自己身居闹市，仿佛在家乡，没有寂寞感，而夜深人静，我也能独自酣眠在自己的梦乡里。

喜欢一座城市是有原因的。

这里有大河、大海、大雨林、大风景，还可以坐在河边，坐在海边，看天上的飞机，一架一架飞上天空。就像小时候看飞机从天上飞过，我盯着它看着它飞呀飞呀，飞过天空，消失在天际。这种幸福的安静，让我觉得仿佛回到了少年时光，有着无限的童真和乐趣。

富养自己

早上，从外面锻炼回来，我便没有再出去。一个人关了门，在家里静静回想，想对这一段的生活做个总结。

首先，我想到了来三亚之前我的状态。

办完退休手续快两个月了，我的心里时不时还会有失落。北方的冬天，天冷了，无处可去。孩子们都不在身边工作，老公早上开车去上班，傍晚回来。白天我一个人在家，不知道自己该做些什么，心里经常空落落的。不知道怎样生活，才是最好的样式。心里有孤独，有茫然，有抱怨。常常有个声音在心中响着：再也不能这样过生活！我不想虚度时光。即使虚度时光，也要快快乐乐地虚度，而不是孤独失落地虚度。

就这样，克服重重困难，我来到了三亚。我想借一座温暖美好的城市，度过我的冬天。

回头看，来三亚已经快两周了。现在怎么样了呢？这两周的生活，说起来你也许不信，对于我来说，都是发光的生活。如果你能看见我的表情，一定会相信我说的话。这里的冬天，真是太适合我这样的人来过生活。

早晚就像内地的初秋，搭个风衣，长衣飘飘，感觉正好。若是中午，穿上旗袍去椰子树下拍个照片，正好。山清水秀，绿林茂密，海洋辽阔，遍地美食，全国各地来海南过冬的"候鸟"众多，一点都不寂寞。现在的每一个日子都没有失落，也不觉得孤单，更没有抱怨。天地辽阔，雨林优美，日子如此美好，哪还有什么"再也不想这样过"的感慨。我想天天过这样美好的生活。每天我的心里都是如此丰富充实。

我感谢上苍让我在这样的时间来到了这样美好的地方，感到生命是如此美好。生活真是有无限的可能，在这大美之地，我有如此温暖幸福的生活，非常知足。

其次我感谢我的家人理解我的苦恼，让我能在这样一个特殊的时间里，独自放飞，来到这遥远的海之南，修身养性，给自己一个宽松的环境，可以追逐自己的梦想。出发的前夜，老公为我烙的油馍，第二天我带在身边，天热也舍不得扔掉，全部吃完，在路上在异地他乡还能享有家里的味道，真的挺好。也感谢我的儿子，在繁忙的工作间隙来帮我安排好生活，给我强有力的支持。儿子开车接机给我安排住处，陪我看房子，开车来来回回为我预备生活用品，给我最温暖的关心。也感谢两个女儿的支持，时不时打来电话问候，让我虽然远在千里之外，也像在家里一样。

我是抱着治愈自己的失落之情，飞来三亚的。现在，失落已经全部清零。能拥有一段这样清静美好的时光，我感到从未有过的放松。

回想过去，我一直在赶路一样，求学、工作、成家、养育孩子、伺候老人，辛辛苦苦过了半辈子。现在终于给工作画上了句号，没有想到自己竟然还会有失落。这绝对不是自己应该有的生活。就是在这样的声音提醒下，我才告诉自己：必须开启一段新的生活。"再也不能这样过"，每一次生活不如意的时候，都会有这样一个声音在心底里告诉我，每次我都是在这个声音的催促下，再寻找另一些方法。日子应该是美好的样式，如果不是，一定要学会改变，学会寻找，让日子变成美好的样式。

就是在这样的情况下，我来到了三亚。远离了北方寒冷的冬天，来到了温暖如春的海南。现在，那个声音提醒我的不好状态已经全都过去了。我过着自己喜欢的生活，每天都很充实。我看风景，吃美食，去图书馆看书，过的都是自己喜欢的岁月。我愿意天天这样过生活，而不是

"再也不想这样过"。

我一个人走在海南的大地上，心里安闲舒适。时不时地我会想，当生活状态不好的时候，我们最应该做的，就是富养自己。自己情绪不好，也会波及家人，把自己的心安好，才会给家人关爱。为家为工作付出了那么多，现在累了，该好好放松了。半辈子辛苦，也该安慰一下自己了。原来换一种活法，生活是如此美好惬意。

坐在繁茂的雨林之下，我的心里是优雅而满足的，坐在辽阔的大海边，我的心里是温暖舒适的，坐在图书馆的大阅览室里，我觉得生活就应该是这样丰富充实的。

来三亚之前，我也有许多担心，到了那里我会不会不适应，会不会孤单，会不会迷茫？现在我可以欢喜地对自己说，一切想法都是多余的。心情不好的时候，如果有条件，不妨借一座城市，换一种方式过生活。

当我一个人在三亚市里借城而居的时候，所有来之前的担心都不见了影子。我喜欢这座城市的植被，比如雨树、榕树、椰子树、红树林，我都喜欢，我的心里乐开了花。我喜欢这座城市的美食，椰子、火龙果、桂圆、西瓜、木瓜、芭蕉都那么好吃。我住在最接地气的地方，有各种美食小吃，也让我喜欢得无以复加。

我喜欢这座城市里来来往往的行人，有时候我想拍照，总有好心的人，能为我拍出美美的图片。我喜欢这里的山岭，全都覆盖着青青葱葱的植被，仿佛天空下谁撒下了此起彼伏的绿色云朵。我喜欢这里的大海，总是与椰子树相依相偎，让人感到椰风海韵的美妙。我喜欢这里天空中白天的云晚上的云，总是软软地撒满天空，让地上的人心里装满云朵一样的洒脱与浪漫。在这里，我的心中总是有太多太多的喜欢。我的思绪像江河一样泛滥，变成文字，留在笔记本上，变成我的生活印记，让我再一次喜欢。

退休之后的这个冬天，我尝试着富养自己。我感觉这种滋味真是美妙。我常常想，我已经半百了，我的身体若好，一切皆好。自己成天抱怨，周围的人哪会感受到爱的环抱，自己的状态好了，才会富养他人。

当我关了自己租住的小屋的门，一个人，安静下来，我发现富养自己的日子，真好！不为任何人，这辈子，怎么都得富养自己一次。不是说花了多少钱，而是让自己一个人安静地生活一段时间，想想过去，想想未来，然后心平气和地过生活。不再有抱怨，不再觉得孤单。而是一个人，也像带着千军万马，也可以把生活过得温暖有情味有滋味，不孤单，很温暖。

时间如水，过得真快，来三亚过冬已经近两周了。这两周的生活，丰丰富富，很充实。我只想对自己说，来了真好，来了真值！来了把岁月过成了诗。来了，才发现，生活有无限的可能。日子里若有不合心意的时候，要学会闯出去，为自己开疆辟土，过一种不一样的生活。每个人的人生都很珍贵。每个人的人生，都不能浪费。即使浪费，也要浪费在美好的事物上，浪费在美好的地方。就这样虚度时光吧，我愿意这样子生活。

来三亚之前，我只想找一个暖和的地方，度过冬天，让自己不再有失落有抱怨。现在，这些心愿全都实现了。而且我收获了一个又新又美又浪漫的世界，一种更加温暖诗意有力量的生活。这个冬天，在海南，值了！还有一点需要说明的是，当我在海南用自己的工资买吃买喝的时候，我真感谢青春的时候自己的努力。因为努力求学有了一份工作，因为有了工作，有了工资，退休后才能按照自己的心思，过一段属于自己的生活。自立自强自爱过生活，让我心里觉得特别舒服。

想说的是，所有的努力都有价值，所有的付出都有慰藉，所有的文字也都不会白白记录。

第二辑　诸多遇见

没有想到，在三亚，我有了那么多新奇的体验，这真让人大开眼界。

来三亚过冬的女人

午后，去快递点取来一本新买的书，是一个女作家的散文集，放在手提袋里，我就去了白鹭公园。我是真喜欢白鹭公园的各种热带树木，我要在浓荫覆盖的公园大树下进行我的阅读。喜欢看书的人往往也喜欢大自然，我更是无以复加地喜欢。

就这样，我怀着一种安静而浪漫的心情，坐在了公园的一角，这里别无他人。不远处来来往往的路人我也不认识，索性取下背包放在石凳上，然后去了拖鞋，盘腿而坐，怎么舒服怎么来。拿出新书，我开启了自己的心灵之旅。如果把一本书当作一个景点，我把对一本书的阅读当作探索新的风景。

好惬意的感觉！我一页一页地读着，是我熟悉的一个女作家，开篇挺吸引人。我看了几页，眼睛有点累了，抬起头，正好路边有一个长相秀气的女人，戴着一顶荷叶帽，穿着一条碎花裙，向我试探性地绽开笑脸。见我注视她，她把手中提的那个透明塑料袋子举起来向我示意，让我品尝袋子里装着的新疆大馕。

我摇摇手表示拒绝，她却一点都不在意地走了过来，然后我们就聊了起来。

她说自己是内蒙古人，去年来的海南，因为内蒙古有疫情现在回不去，正在找工作。她说自己刚刚结束了在华莱士收银的工作，说自己遇见一个四川小伙子被挤兑出局。说着说着她也问了我的情况，我说我也想找个工作，她一听挺来劲，说自己刚刚联系了一个推销水的宣传工作，想拉上我一起去应聘。我笑笑说，我想找工作，但是我怕自己受不了那种累。其实我只是说说而已，她却给我讲了很多她的经历，她家里的老人，她的老公还有女儿，我听了一边附和，一边想结束谈话，继续看我的新书。但是，她一点没有结束谈话的意思。

也许她一个人在海南太寂寞了，需要人倾诉吧。也好，我了解了一个来海南过冬的内蒙古人的生活。我们萍水相逢，她说也是看到我在看书，觉得我让她放心才过来交流的。她说她爱写诗，说着还把她写的诗发给我看。她说我们可以结伴游玩，所以我们加了微信，我看了她写的诗，有点打油诗的性质，倒是她的同学，据说在美国，写得工整有水平。

在她离开后，我又获得了自己的宁静，我翻开了书，把自己投在了文字里。我觉得这本新书没有宣传词里说的那么好，就放下了书，收拾东西，准备去图书馆。

一路上，我慢悠悠地走，又想起一个女人。中午，我去三亚河那边散步，看见一个女人在三亚河边的栈道上吹电子管乐器，曲调悠扬，吸引了我。我忍不住上前去欣赏，然后我们就变成了熟人。回去的时候我们同路，走着走着，我发现我们租住的房子竟然离得很近，她说自己住的是阳光房，好得不得了，邀请我去她的住处看看。

我也想看看她住的那个楼上有没有更好的房间，就跟着她去了。我看到她居住的地方虽然好，但没有厨房，只是在阳台上凑合而已，就礼貌地告别了。我觉得我自己住的房子虽然不是阳光房，但是五脏俱全，有专门的厨房，便也很感欣慰。

这个女人告诉我，她来自东北的哈尔滨，在一家医院做后勤工作，退休了，是和老公一起来的。老公爱打麻将，她在学习乐器，已经把孙子看大上小学了，就来这边租房子过冬，话里话外都是东北人的豪爽。

这一天，我遇见了两个来海南过冬的女人，一个来自内蒙古，一个来自哈尔滨。而我，来自河南，为了避开冬天的寒冷，为了让生活开启一种新的模式。现在，我一个人走在公园里，走着走着看到了硕大的雨树，一棵又一棵连在一起，树干苍黑有裂缝，但小叶子在空中的枝枝杈杈上长得密不透风，青绿的颜色让人心动。

　　我在路旁的长凳上坐下来，抬头看雨树的叶子在空中连在一起覆盖了天空可真美！我心里的美好波涛汹涌。我爱大自然，常常自己爱得一塌糊涂。我不想坐着了，索性把背包和新买的书当作枕头，我躺在了长凳子上，凳子有点温热，我躺在上面闭上了眼，好舒服的感觉，仿佛飘在一条绿色的河流上。行人偶尔走过，脚步很轻，仿佛怕打扰了我的梦一样。

　　布满热带雨林的公园让我驻足不前，卧凳而眠，躺在自然的怀抱里，我浑身像棉花一样松软。也不知道躺了多久，想到今天遇到的两个女人，我心里面有很多感慨，想写下来留个纪念。我起身提了自己的背包和手袋，穿过公园的绿色，向图书馆走去。一边走，我一边想，多年以前，我是多么喜欢公园，现在我正走在一个长满热带雨林的公园里。多年以前，我是多么喜欢图书馆，现在我正在走向三亚市的图书馆。多年以前，我从未敢想过会来三亚过生活，现在我正在这里过着自己喜欢的生活。我的心里对目前的生活感到从未有过的满足。

我的海岛生活

租住的房子附近有菜市场，有雨林公园，有市里的图书馆，我的心便安定了下来。晚上我在公园的白鹭湖边看海水涨潮涌入河流，涌进湖中心，水清洌且光影粼粼。我感觉一切如此美好，心中总是一次又一次提醒自己，正过着最美的海岛生活。

早起去公园跑步或者慢走，我的心里会再一次涌起美的感觉，这海岛生活以前从未有过，现在是如此舒适，让人感觉想天天醉在其中，不再想任何世事。我走着跑着常常停下来，因为公园里有太多热带雨林大树，它们总是有着极大的气场，让我禁不住停下脚步去拍照。我欣赏树形、树干、树冠的硕大之美，也感慨这些树顽强的生命张力。我还想知道它们叫什么名字，我用网络去查询，用植物识别App去辨识，在公园里我一次又一次像遇见了心仪的人，总是心动总是想停下来，总是在心中充满了好奇的心思。就这样，每一次走进公园，我都在仰望头顶的大树，它们总是用细碎的或者各种形状的叶子遮天蔽日、气象万千，它们的成长仿佛充满了无穷的奥妙，感动我，让我为它们代言。我乐此不疲，拍照、查找、研究，我感慨，我写文字，我歌唱海岛上雨林的美好。

我从公园跑步回来，去早餐店吃了一碗椰奶芋头西米露、一个茶叶蛋。我太喜欢这种甜甜糯糯的海岛美味。我还去买了小黄菇鱼，我不会收拾，让人家帮忙去了腮，回家来还要好好打理，我也不犹豫。海岛上的小鱼是新鲜的，刚从大海里捞上来，我喜欢鲜香的味道，我以为我不会收拾，回到家竟然耐下心学着去尝试。这个时候我想起了老公的好。

我喜欢吃鱼，但每一次都是老公操作。现在自己收拾小鱼，才体会老公的默默付出。

我学着去把小鱼收拾干净，用盐、十三香、葱丝、姜丝，把小鱼腌起来，然后准备中午的时候裹上鸡蛋面粉煎炸。这历练人的海岛生活，应该有芳香的味道。卖鱼的老者手中的鱼并不多，像是刚从海上捞上来的，摆在路边的一个角落，用一个手提小秤很麻利地为顾客称重量。遇到我这样不会收拾鱼的人，还会帮忙去腮抽肠。这是海岛上常有的情景。也有女人挑着担子走街串巷地卖刚捕上来的小鱼。她们戴着笠帽，皮肤黑黑的很朴实的样子。我有很多次想买，但是想到做起来麻烦，便一次次放弃。今天忍不住买了一次，想尝一尝真正的海南小鱼的鲜香之味。

收拾完小鱼，我又想出去，到公园里、到图书馆或者到海边沙滩上，我哪里都想去。海岛上的生活对我来说处处都有趣。想到时间过得太快，我只能选择一种，我便放下了许多念头，只选了其中一个。

我提着手提袋，里面装着一本书和我的笔记本，我想穿过公园去图书馆。可刚过了小桥，一排穿着艳丽的男人女人在拍打手鼓，鼓声阵阵，和着音响里放的歌曲袭击了我的内心。我情不自禁地驻足观看。我欣赏，我陶醉，然后走上前去咨询我能不能来学习打鼓，多少钱买一个鼓，交多少学费？我迫不及待地在喧响的音乐声鼓声里询问。一个美女告诉我，今天老师不在，鼓是从网上买的。旁边有一个鼓没有人打，我征得一个美女同意，坐下来尝试。国庆节去云南的时候，我在束河古镇曾经尝试过，所以略知一二。现在毫不犹豫地拍打起来，和着音乐的节奏，后来还有人站起来给大家指导，我立刻领会。就这样，我坐在一队拍打非洲鼓的队伍里，打得兴致盎然。我已经忘记了去图书馆的事。非洲鼓的主人来了，我想起身给人家让出来。那位身着华服的姐姐竟然向我表示可以继续打鼓，然后她去旁边唱歌去了。

就这样我随着音乐节奏打呀拍呀，这可真是一种过瘾的人生！坐在一个美好的公园里,我常常遇见美好的人,然后一起做着美好的事儿,这个冬天我过得真开心。

中午的时光就这样在鼓声里不知不觉流去。周围绿树浓荫,我在绿荫下拍着陌生人的手鼓,欢喜地不知时光流逝。

回去的时候,已经近十二点。今天是大雪节气,海岛上却是盛夏一般,阳光明媚。我缓缓归来,把早上腌制的小鱼裹上鸡蛋面粉在电饼铛里用油煎了,又炒了一个青菜,做了一个鸡蛋汤。简单的食物,我却吃得意味悠长。要是老公和儿女们在身旁就更好了。

午后,和一个朋友视频聊了我的海岛生活。之后,我便提着手提袋又去了图书馆。

这次穿过公园的时候我没有驻足,我一个人沿着公园小路穿越各种雨林大树,走啊走啊,走到了图书馆。

我静悄悄地找了一个位置,找了一本杂志,然后把自己放进了文字里。别人不懂得我的快乐,唯有我自己知道,我翻开一本书,就是开启了一次旅行。我在文字里徜徉追逐,文字给我的心开辟出一条道路,让我沿着它溯流而上或者沿溪下行,无边的好风光,仿佛为心预备的花房。不管城市多么喧嚣,走进图书馆便如来到了一片静谧的海洋。我读着书,看着文字我心里说不出的欢畅,我思绪跌宕,拿出了笔记本,提起了笔,让所有的情绪顺着笔尖悄悄地流淌在纸上。就这样,我像蚕脱茧一样,文字是丝线,心如翻飞出的美丽蝴蝶。

在海岛上,我有一个天天可以抵达的公园,我还有一个可以常常抵达的图书馆。我的心像找到了一个安稳的家,我在这里,快乐地编织着自己的梦想。

海南的风雨

静下心来算了一下，我来三亚已经快半个月了。这半个月的时间里，天气都非常晴朗。有时候从白鹭公园走过，我的心中会掠过一个念头，这海南岛天天晴天丽日，什么时候下一场雨多好！也不知道下雨的日子，会是什么样的体验。

就在这样的念头掠过我心头才一天的时间，还真的下起了雨来。

可能夜里就开始下了。半夜里听到外面有呼呼的风声，还有各处传来的杂乱声响，我朦朦胧胧又睡去。早上起来出去，才发现楼下地面湿漉漉的，还有小小的水洼。真的下雨了！只是下在了夜里。我到楼下的时候，天上虽然还飘着零星小雨，但是已经非常小了。我上楼去取了雨伞。去公园还没走多久，天上的云层便被风吹散，雨点也不见了，蓝天白云，又是一个艳丽的晴天。

下午，我去图书馆看书。回来的时候，已经是傍晚。天空暗蓝，月亮出来了，很皎洁地挂在海岛的天空。几颗很亮的星星让人感觉离地球很近。公园里有人拿着手机对着夜空的月亮拍照，大概是感觉这里的月亮特别皎洁的缘故吧，走着走着感觉累了，我坐在公园的长椅上想休息一下。

我在等一个朋友的电话。有点事情有了麻烦，我心绪不稳，但周围环境太美。

等着等着我就忘记了那点烦恼，天空飘来了一些白云，仰头能看得很清楚。海岛的上空，云层都很低，被风吹着，云朵你牵我拉，一起向着远处赶着，天空像暗蓝的宝石，一切看起来都极其浪漫。有一刻，我感觉天上的月亮和星星在奔跑，后来想想不对，根据我已有的地理知识，我反观云彩，分明是云朵在跑，给人的感觉却是月亮星星在急切切地赶路。我盯着那些白云，夜里也能感到它们很洁白。果然是云朵在跑，我弄清了真相，不由得在心里笑出了声。

我的身边有许多雨林大树，天不冷不热，有一种舒爽。我的目光从天上的云朵落在一棵大榕树上，白云之下，这棵榕树树冠像飘浮在空中的蘑菇，影子绰约，让人感叹生命的美好。

我坐在冬天的海南岛雨林公园里，心中的烦恼暂时没有了影子。

我一边欣赏一边浮想联翩，不知道朋友帮我咨询的事情有没有结果。我在微信里问了几句没有回答，我有点着急，抬头发现天上飘来了一堆厚厚的灰云，又坐了一会儿，我决定不等了。我还没有吃晚饭呢，肚子饿了，我想回去。

我悠悠地在公园里走，不急，一边走一边等朋友的电话。

未多久，天上零零星星有米粒一样的雨点落在头上。我抬头看看，不以为意。只要天上有一朵云，就会有雨点落下吗？这可不能算下雨！

好几次，雨点落下，又消失。我便以为这是海岛上常见的现象。还未走多远，雨点竟然大了，急了，真的像下雨了。

我赶紧拿出手提袋里的雨伞，因为早上有雨，我出门的时候把雨伞装进了手提袋里。我打着伞，雨下得越来越急，公园的凉亭下有许多人在避雨，我也走向了那里。暂时不回去了，雨太急，地面有水洼了。雨不停地下着。

有风吹着，站在凉亭下，我用伞挡着风来的方向，雨丝斜斜地被风刮进凉亭，雨星飞扬。

借着公园的灯光，我看见雨丝很密集。我终于感受到了海岛上的风雨。大约过了半个钟头，雨渐渐小了，不那么急切了。我打着伞回去，依然走得很慢，我在等朋友的电话，不知道那件麻烦的事情解决了没有。

我以为来了海南，远离了过去的生活，现在看来，再新的生活，也会有旧生活的痕迹，且让一切旧事回到原来的位置。

雨已经停了，我收起伞，在雨林公园朦胧的灯光里缓缓地走回家去。有风有雨都是暂时的，毕竟天气晴朗的日子才是日常的样子。要记住，从今以后要低调自立地过自己的生活，有幸福也要悄悄地在心里面对自己悄悄说。

像三亚的红树林一样生长

早上去白鹭公园跑步，天气晴朗，凉风习习，舒适惬意。

走到白鹭湖小桥的时候，我还是忍不住停下了脚步。我多次在红树林前停下脚步，今天依然如此。

我站在小桥上看桥下，水哗哗流动，流入外边的临春河。我的目光最终落在河道旁的红树林上。

蓝天之下，红树林的叶子密密堆积，形成一个个绿色的小岛，状如一大团一大团绿色的云朵堆放在河道两边。而树下边，红树林的枝干向下长出一堆堆长根，这些树根远看状如柴火棍，棍子下面分杈，没有插入河底的就悬在空中，一大堆一大堆像挂着一堆堆棍子。一旦扎进河底，就变成密密麻麻的树根，支撑起红树林上面的枝枝叶叶。

说是红树林，其实树干树枝皆灰白的皮或者棕红的颜色。红树林枝干向下扎进水里，水是海水，因为离海近，河海相连，海水涨潮倒流入河道，所以水是咸的，红树林向上长的绿叶不大，小而厚实，但叶子挤挤挨挨，在河道两边，形成风景。三亚的临春河和三亚河河道两侧，都是红树林。红树林像给两岸镶上了绿色的边缘，看上去总是让人觉得很美很美。

每次路过红树林的时候，我都不由自主地停下脚步。我欣赏红树林的美好，也感慨它们的生存智慧。红树林日日浸泡在海水中，向上长出密密麻麻的叶子，吸收天地阳光雨露的滋润，向下扎进河底，用密密麻麻的根汲取营养，支撑起上面的树冠，滋养环境，滋养世界，真叫人佩服。

　　常常有白鹭飞在红树林之上或者水边，绿色的小岛，白色的大鸟，蓝天白云下，让人感觉特别美好。但凡世界好物，皆有自己的章法，向下扎根是智慧，向上成长是方向、是风景、是浪漫。

　　红树林的根几乎与上面的树枝对称，我欣赏红树林的美，佩服红树林身处湿地，自己想方设法扎根的智慧。

　　红树林与大榕树不同。榕树的叶子密集成蘑菇状的树冠，树枝上向下长出棕红色的长须，那些长须飘飘摇摇，悬在空中，红树林是把长须变成了棍子，空中垂着一堆长棍子。仿佛是用来和什么作战的，一堆悬在空中的棍子，也不知多久能扎进泥土里，但只要没有挨着河底，即使悬着它也向下生长，也许它坚信有一天会变成支撑自己的根。

　　红树林下面的根很密集，东扎西扎特别牢固，所以海风吹动树冠，绿色涌动，如云飞扬，摇曳成迷人的风景，又像一座座绿色的小岛，东摇西晃，但是下面的根让上面的绿岛安安稳稳。

　　向上长叶，向下扎根，终有一天，我们也会让自己的思想变成红树林一样的美景。

隐在闹市过生活

1

早上起床，简单收拾，我便去了白鹭公园晨练。公园离住处太近了。下了楼，拐个弯，就到了商品街，商品街对面就是白鹭公园。走路不到五分钟，我就上了公园的步行桥，桥上南来北往总有许多人。

风轻云淡，蓝天下，临春河风平浪静，红树林优雅地在河道两侧蔓延，椰子树总是那么自在安详，各种雨林植物蓬勃的生命力总是一次又一次让我暗自在心中赞叹。

不冷不热的天气，在公园里跑一圈，感觉很舒适。尤其是想到此时，若在北方家乡，我一定身着厚重的棉衣，冷得不知去哪里欣赏风景，而不是像此时我身着长裙舒适地在绿色雨林下晨练。每次想到这里，我的心中都会涌起无比幸福的意念。

回家来的时候，我看见步行桥上有人在卖秋葵、韭菜，便买了一些。中午我想炒点秋葵，再试着做韭菜鸡蛋饺子。

毕竟这里不是家中，什么东西都全备。自从来到三亚，儿子给我提供了一些厨具之后，我又添了一些东西，但想做品种丰富的饭菜，厨具还是有些欠缺。

不急了，放慢节奏过生活。我洗了秋葵炒了菜，然后择了韭菜炒了鸡蛋，剥了洋葱，剁了姜末，拌好了饺子馅。

若是在老家，我都是自己在家和面擀面皮包饺子，现在不方便，我下楼去，卖饺子皮的小店就在楼下不远处，一会的工夫我就买了来。

上楼来发现还少一样东西，韭菜素饺馅没有香油，味道寡淡，我又下楼去，在斜对面的超市买了一小瓶香油，眨眼工夫就回来了。

这个时候我更加体会到了身在闹市过生活是多么方便。中午，我终于吃上了味道不错的饺子，很有成就感。

下午，在家录这一段时间写的文字，我关了门，外面杂乱的人声便被拒之门外了。偶尔有一些声音，让我感觉这个世界上有许多人，我隐藏在生活的最深处，有一种大隐隐于市的快感。虽然我只是一个非常普通的女人，但是这种感觉让我想到大隐隐于市的那种意境。

是的，在这里，南来北往的人，我几乎都不认识，一个楼里住的邻居我也不认识。不过这样的感觉真好！关了门我可以在小屋里做自己喜欢的事情，读书写字录文字或者一个人闭目养神，想怎么都可以，没有人打扰，在闹市的中心，生活很方便，我也可以独享自己的安宁。

中午，大女儿在微信里和我视频，午休的时候，小女儿也和我视频，晚上老公和我电话聊天，我也和儿子进行了视频。我在遥远的南方，却一点不缺乏亲情的温暖。

前几天认识的内蒙古美女伊月，在微信里问我：你现在在公园还是在图书馆？

我想我该出去了，文字我已经基本录完了。我穿过公园去图书馆，昨天看的小说，因为天黑了有事，我还没有看完，心中还挂念着呢！

我收拾了背包出去，没想到在公园的另一端榕树下，我见到了伊月，她一阵惊喜说要陪我再去图书馆。我说你有事可以回去，我还不知道能看到什么时候呢！

老实说我更喜欢一个人的感觉，有公园里的雨林大树陪着就行，有图书馆的杂志书籍陪着就行，我生活得很充实。我一个人像带着一支庞大的军队，生活的孤独感早已被生活的新鲜感消磨得不见踪影。

身在闹市过生活，我庆幸自己突破自己认知的重围，荡开了一条通向幸福的大道，我在这里是如此地满足和殷实。

2

中午去教会听道，下午四点和内蒙古美女伊月相约骑车去三亚湾的椰梦长廊。谁知道伊月手机里没有单车App，即时下载耽误了许多时间，她的手机不支持，急出一身汗也没有操作成功。我在这方面也落后得很。

没有办法，我扫的车已经放在身边很久了，我想去海边，这几天我一直去书店，没有去看大海，今天特别想去。伊月放弃了，我一个人骑车去了椰梦长廊。

我沿着三亚河东路向前，到达新风桥，走过新风路，直达三亚湾路，然后沿着三亚湾路一直向前骑行，过了迎宾路，达军管区才返回来到椰梦长廊。下午四五点钟的阳光，斜照在椰梦长廊，一切显得诗意浪漫。许多人在拍照，我早就想来椰梦长廊，现在终于置身其中，椰风海韵让我感觉很美。我在椰林下缓缓地走，拍些照片拍些视频，心里感觉很惬意很安慰。

在海边，赤足走在沙滩上，许多人在沙滩上拍照，太阳将要落下去，红彤彤的像个大圆球，周围的云被晕染成彩色模样，绵软又漂亮。有许多渔民拉着一个长长的渔网，在用腰部力量向岸上走，远看，仿佛在拔河一样。

我欣赏着落日，在沙滩上走来走去。渐渐地，很多人晚饭后来到沙滩上散步。夕阳落下去，不见影子了，夜幕将要降临，我骑单车回去。

一路上，椰子树陪伴。路边都是跳广场舞的队伍。海月广场附近，几个队伍，各自有音乐，距离很近，仿佛在比赛一样，穿着长裙子的新疆女人很显眼，穿着艳丽服装的东北人也很显眼。

我一路飞车回去，感觉三亚的"候鸟"多得超乎想象。在新风路口转弯，然后向市内走，过了新风桥，进入河东路，到了商品街的入口。熟悉的街景标志出现在眼前，我锁了车，走过港华水果街，回到了家中。

穿过一条又一条人流涌动的大街，打开家门的那一刻，我忽然觉得，在异地他乡有这样一间温暖的小房子，是多么的亲切！

所有的疲劳都关在了门外，我打开灯，把中午的米饭、土豆辣椒胡萝卜热了热，平常的饭菜我却吃得津津有味。

椰林海滩夕阳，现在想看，扫码骑上单车，立刻就能看到，过去口中说的诗和远方，现在都在身边。

晚饭后，我又去了白鹭公园。夜色朦胧，湖水平静，晚风习习，椰子树优雅而立，各处跳舞的音乐传过来，我坐在湖边，忍不住起身跳起舞来。没有人打扰的生活，真是美好！一个人在异地他乡，也可以过得合乎理想，可见现在我是多么想安安静静无忧无虑地过一段美好的时光。

让多忧的心思转变成快乐的小河

1

早上起得晚。

夜里做梦，醒来心里竟莫名地有许多惆怅。然而我是多么不想要这种感觉。

《圣经》上说喜乐的心乃是良药，忧伤的灵，使骨枯干。我想喜乐，不想忧伤。

窗外天已经大亮，我在手机里找了一首歌打开来，听着歌声，起床洗漱，然后去了白鹭公园。我一边唱一边有力地向前走，唱着唱着，心里舒服了许多。

我想我得学会放下不健康的情绪，学会成长。要改变自己心中那些细腻过头的思虑，让自己欢欢喜喜过生活。

在公园走了一圈，回来吃了点东西，洗了衣服，然后我坐下来，把那些莫名的情绪落在纸上。我不想在忧愁中过生活。

不年轻了，我想轻松快乐地过自己的日子。

在海南岛上，在这个美丽的城市里，我想把我自己的生活过成一种新的形式，虽然沉默，但安静美好。一个人，像拥有亿万种幸福的感觉。

2

  写了一段文字，我放下笔，忽然想到住处的楼顶去看看。天气很好，如果环境允许，我想洗一洗被罩，晒晒被套。

  我拿着钥匙，坐电梯来到最高的七楼。出了电梯，顺着步梯向上走，就来到了楼顶。哦，豁然开朗的感觉，仿佛"柳暗花明又一村"，我看到天上白云绵软，蓝天浩荡，远山青绿，阳光灿烂。在楼顶，我看到了房东种的花草蔬菜。当然还有晾晒衣服被单的绳子架子，一切应有尽有。还有一个方方正正的小桌子。我心里更加窃喜。也就是说当早上或者傍晚阳光不太强烈的时候，我还可以来这里读读书，写写字，以天空当房，以远山当窗，以白云当作朋友。想想就觉得很美很惬意。而且在这里我住了半月之久，竟然才刚刚发现这个空中花园，当然这里多少有点凌乱，不过没关系，我不那么讲究，一切超乎想象地好。

  可以晒被单，我下楼去，遇上房东在打扫卫生。我说想在楼顶晒晒被子，她说可以的。我取下被罩，放进水盆中，水盆有点小，但不碍事，我把香皂放在水中，泡出香味，把被罩反复揉搓，我自己盖的被子很好洗，主要是日子久了，想洗一洗晒一晒阳光，让被单有阳光的味道。仿佛回到过去没有洗衣机的日子，我在此处居住，唯一的缺点就是没有洗衣机，不过没关系，在家里，夏天的衣服我也大都是手洗，退休了，我有的是时间。手洗衣服让我重回过去，有一种亲切感，感觉日子也变得慢下来。

  我把裙摆系住放在腰间，在镜子中看到自己竟然像一个漂亮的仙子，大概爱劳动的人都会焕发出一种健康的光彩吧。总之，还是那个人，我觉得自己很漂亮，哈哈，真是自以为是。

  洗过被罩，最大的困难已经克服，我乘电梯上楼顶晒被罩，中午的大太阳很有热度，我戴着帽子披着棉麻防晒衣，感觉自己很美丽。好久没有劳动了，这种原始的劳动如果可以换来心情的宁静，我不厌其烦。

我把被套和褥子一趟一趟晾在了楼顶的晒台上，然后我开始洗床单，床单与被罩相比体积小了许多，我依然用手挤出香皂泡沫，然后站在卫生间一遍一遍揉搓，我感觉我做这个工作的时候，心里安静，什么烦恼也没有了。

洗完床单，看看时间已经近十二点，我去蒸米饭、洗菜，肚子饿了，我想饭菜做出来一定香喷喷的。我觉得已经有了走到哪里都能好好生活的能力。

做一棵深深扎根的大树

此刻，我坐在三亚市图书馆的二楼阅读大厅里。一人一桌，桌子很宽，可以坐四个人，我喜欢极了这种环境。每次来，在书架上取一本自己喜欢的文学杂志，让自己沉浸在一篇中篇小说或者长篇散文里。我每次不看过多的内容。每次读完一篇我相中的文章，掩卷之后，心里都是一种畅游江河一样的欢喜。我真庆幸在这个寒冷的冬天离开家乡，来到了三亚，且在这座城市里遇见了雨林大树旁的三亚市图书馆。

每次阅读结束，我的心里涌起的意念就是，我真喜欢这个地方。它唤醒我青春的梦想，让我站在一个文字的高台上，能极目瞭望。这是我的前半生里遇见的最高级别的图书馆，这样说好像也不准确，那一次我去北京到过国家图书馆，在那里只是短暂停留，且因为我没有带自己的老花镜，只是很遗憾地翻了一些杂志，并没有深深地扎进去阅读一些文字。而在三亚市图书馆，现在我可以天天来天天读，且能安静下来深读，读得心中感觉酣畅至极。

我想起了青春，那时候，我是多么热爱读书，在师范学校的图书馆读了一些文学作品，后来毕业了，分到了村里，后来进了小城，想读一些好书，环境还是有限，还是那么艰难，想读全国文学期刊难上加难。

那时候，我是多么想到一个高一点的地方去寻找自己的天地。可是我毕业的时候，大部分的女孩子都已成家，我不过才二十出头，就那样和大家一样成家且第二年就有了自己的孩子。

然而，很多时候，我的心还是会时不时地想，要是有一个更好的平台，我能去一个好的环境深造该多好，也许我的人生会是另一种样子吧！

世界上没有也许。多年以后，我的大女儿考研去了武汉大学，后来校招去了北京。我的儿子大学毕业在三亚创业，小女儿在省城也不想回老家去，仿佛他们都知道我内心的梦想，都想在一个好的环境中生存发展。

我早早地就进入了社会，在小城的一所小学，磨练心气，沉入教学。后来我改变方向改变心态，也读了一些书，但还是觉得周围的环境没有痛快至极的酣畅。

生活中我常常隐忍，多年后却仿佛有如神助，我来到了海南，且在这里遇见了三亚市图书馆。

不是说家乡没有图书馆，而是市里的图书馆毕竟不在身边，我不能天天来去方便，而我年轻的时候，我们居住的小城条件还是有限。

中午的时候，我在家里洗被单，有点累。午后，休息了一会儿，想扫个单车去临春河公园。我还没有去过那里，我想去看看。下楼发现天上灰色云层很厚，像是要下雨的样子。我便放弃了去临春河公园的念头，又走进了白鹭公园。

我在白鹭公园缓缓地走。以前，总觉得是在赶时间，现在不想那么匆忙了。我身着白色棉麻长裙，梳着长发，斜挎背包，手提袋子，袋子里装着一本书，一个笔记本，一支笔，还有一把伞。

我缓缓地走，想穿过公园去图书馆。

天上下起了小雨，雨丝越来越急。我跑到公园的凉亭下去避雨。是周六，一群小学生在排练课本剧，他们打打闹闹，一些家长在旁边拍照，后来雨停了，他们走了，公园里变得安静下来。

我提着袋子起身想去图书馆。白鹭公园的平面图形状如一个长长的织布梭子，我在公园的一端居住，图书馆在公园的另一端椰子树林旁边。

我缓缓地走，去也行，不去也可以。这个下午，我想让自己随意。但我还是朝着图书馆走去。我发现只要心中有一个目标，哪怕慢，也会一点一点接近，然后到达。

路上，一棵又一棵热带雨林大树，还是震撼了我。每一次都震撼，现在仍然如此。好大的树冠，不管是榕树还是雨树，还是说不出名字的大树，在空中都有一个超乎想象的绿色大树冠，遮天蔽日，而在泥土里都有着延伸出去，暴露在地面上，缠缠绕绕的根系。看那阵势，树冠有多大，树根便也有多大。只是它们埋在泥土里，根据平衡原理，每一棵大树只有在土里扎了更大更深的根系，才会张扬起空中的巨型大伞或者巨型蘑菇一样的绿色树冠，从树根露在地面上的虬根可见一斑。

每次看见公园的大树，我都会在心中深深震撼，且深深敬仰。多少年的风雨，多少年的成长，它们才有了现在的模样。气候温暖固然重要，深深扎根，汲取营养，也是必不可少的成长。

每一棵大树都有一种硕大的气象，而这硕大的气象，离不开根的向下拓展。大树只有深深扎根，才会成为一棵让路人每一次经过都感动的大树。

想到这么些年，在生活中如意的时候，不如意的时候，虽心意沉浮，但终究没有放弃自己的梦想，我多少还是有一些庆幸的。如果我们及早就有了一个更好的平台发展自己，那会多么美好！

没有过的，只要渴望，生活终究也会还我们一点什么。这些年，我常常笔耕，虽然浅薄，但终究一直在成长的路上。向下深深扎根，向上才会有自己的气象！

如果有梦想，不如深深扎根吧。条件不成熟的时候，更需要静心向下，一旦有一天，遇见了自己的理想，我们的心里会是多么敞亮！我们要相信那一天，相信未来。

这一生，一定要深深扎根，一定要长出硕大的气象，做一棵自己喜欢的树，葱茏自己的目光，美好自己的灵魂。

坐在三亚市图书馆里，我常常抱着自己喜欢的文学期刊，以前听说过的，现在都见到了，想看哪一本，就看哪一本。它们不只是文字，是一种温暖的交流。就像遇见了高水平的人，听他们娓娓道来，都是自己想听的内容，我的心中充满了幸福的暖流。而且现在我可以天天来，穿过雨林公园，穿过一棵又一棵有美好气象的大树，走向我喜欢的图书馆。

做一棵深深扎根的大树，老且弥坚，时间晚了点也没关系，我一点也不嫌弃！

去吃清补凉

早上起了个大早，去公园散步。

六点十分。外面的天空还没有大亮，满天暗灰色的云。风有点大，凉凉的，吹得我的长裙和风衣可劲翻飞。过了临春河步行桥，我来到白鹭公园。

天还没有大亮就有许多人在锻炼。暗蓝色的天幕下，人影绰绰，风有点大，但是很舒爽。我走了一圈回到步行桥的时候，天刚刚大亮，东方的天空上霞光色彩丰富，很是漂亮。

我回来的时候，公园的人更多了。我去吃了一碗豆腐脑一个大油条。没想到这根大油条太有饱腹感，到中午吃饭的时候，我仍然没有饥饿感。不吃饭，下午又会过早饥饿，所以中午我去吃了一个清补凉。

说起清补凉，我是真喜欢。纯正的椰奶，里面有绿豆、玉米、西米露等五谷杂粮，还有椰肉、西瓜和一堆叫不出名字的水果。

我用一个一次性的纸杯盛着，用勺子一点点吃着。我不急，先吃五谷杂粮，再喝椰奶，感觉很可心意。

说起吃的，我可有话说。

自从来了三亚，看到水果街上品种丰富的热带水果，每天都想尝试一些，有的虽然内地也有，但味道哪有这里的正宗。

因为刚来的时候要去看一个老乡，结果没去成，买的西瓜橘子只好自己享用了。没想到橘子甜得很，西瓜也超乎想象地甜。后来买了芭蕉、木瓜、火龙果、杧果、桂圆，所有的水果都在计划之内，会一点一点去尝试。

港华水果街离我的住处不远，晚上从公园回来路过，我总是忍不住心动，买一些回来，没有一种水果令人失望。

昨天晚上，我买了些桂圆。早上去公园回来的时候吃了点。中午特别困，去找原因，想想可能是桂圆有安神的功效吧。我管不住自己的瞌睡，想想自己晚上睡得也很好，这可能是桂圆惹的祸吧。

芭蕉虽小，可酸酸甜甜的味道是真好。什么都好，一日一果在这里成了我的生活，而且这水果是本地的，没有催熟剂，都是大自然的馈赠，原汁原味，美得很。

至于那些天南地北的美食小吃，我就不说了。我最爱吃的还是椰奶西米露，滑滑糯糯的西米露，还有淡淡甜味的椰奶，软糯的芋头，吃了很多次，仍然喜欢。海南粉，最近不怎么吃了，我开始在家里做米饭，炒个菜什么的，还包韭菜饺子，吃过大虾，煎过小鱼。

这样一总结，我感觉自己这一段日子过得还挺有味道。民以食为天，不管到了哪里且把肚子填饱，吃好，日子才过得有底气。

今天吃清补凉的时候，旁边桌上有四个东北人，两个女的两个男的，一个女的指着我的清补凉对同伴说，以后咱来这里也吃这个。我听了当作没听见，因为她是说给同伴的，并没有询问我味道怎么样。我一小勺一小勺地吃着。我吃着清补凉，一个人一张白色的小台桌，我感觉自己吃得津津有味，感觉自己吃得从容优雅。

骑着单车去看海

下午，我一个人扫了单车去海边。这就是住在海岛的好处，想去看海，总是很容易到达。

从商品街出发，过河东路、新风桥、新风路，一路飞驰，就来到了三亚湾路。

我特别享受在路上的感觉。

河东路两边绿荫浓郁，我轻松地骑着单车。当然，得感谢社会的快速发展，让我们在异地他乡，只需要用手机扫一下二维码，就能打开路旁的自行车，随意东西，飞奔在陌生的城市，也如在家乡一样方便自在。我是真喜欢这绿色的热带大树，亭亭华盖，遮天蔽日，走在树下，荫凉舒服。享受着海南的绿荫，我一路飞奔来到了三亚湾路。

路旁两列椰子树仿佛列队欢迎我的士兵，我在三亚湾路上飞驰，旁边就是椰林沙滩和大海。绿色蓝色黄色，各种颜色单纯又丰富地组合，让我心里充满了来自海南的风情和浪漫。

在新修的栈桥附近，我锁了车，然后来到沙滩上，来到大海边。

下午，栈桥上在举行亚洲时尚周走秀表演，我想感受一二。虽然有人把守着栈桥，不让人到桥上去，但手机拉长镜头在视频里也能感知一下气氛。

我如愿看到了走秀现场的情景，拍了几段视频，然后坐在栈桥附近的沙滩上，感受椰风海韵。远处，海面上停泊着一些船只，大的小的仔细看还不少，近处海浪拍打沙滩，一浪回去又一浪上来，海涛声声落在心中。我坐在沙滩上晒着下午的太阳,沙粒温热,我喜欢这样的感觉。

三亚湾的沙滩干净细腻,赤脚踩上去很舒服很惬意。就这样坐在沙滩上虚度时光吧。我喜欢这样子过往后的岁月。

有女人经过,让我给她拍照。我起身帮忙,也让她帮我拍了一些。过去,我曾经有个小小的梦想,想在椰子树下拍照留影,现在随时都可以拍了。重新坐回沙滩,看沙滩上人来人往,或者坐在沙滩上发呆看海浪。

闭上眼,听海浪声声,感受风的吹拂。太阳在厚厚的云层里,我在海边的沙滩上,就这样虚度时光吧。在三亚,我总是一次又一次在心里对自己说起这句话。

夕阳西下,天空的晚霞从云层里透出来,那一刻海里闪烁起一道晃动着的金色光带,像一条撒了金子的河。

身边坐着一个美女,一直在静静地欣赏着大海,我向她打了招呼,请她为我拍张照片,不用起身就是坐在沙滩上的状态。她的拍照水平不错。我要给她拍照,她却说不急。原来她在等夕阳最漂亮的色彩。后来,我起身去踏浪,她悄悄地为我拍了几张夕阳下的照片,看得我心动。我们加了微信,她把照片传给了我。我给她拍了几张美照,感觉还可以,算是对她的回报。

这个下午,我在沙滩上遇见很多人。和我聊天的有三个。一个女人穿着花裙子特别爱拍照,请我给她拍了许多照片,好像还不满足。她说自己是给别人家打工抽空出来的。另一个女人是老乡,我们聊着聊着说起了家乡,她还说起了自己的老公和孩子。她和老公常年在这里租房居住,她的老公在三亚市做生意已经几年了,孩子已经上了大学,在我们省会的一所大学,目前已经是大三的学生。还有一个女人就是给我拍夕阳照的这一位,她说自己来自贵州,目前在商品街卖彩票,也住在商品街那边。

在异地他乡我又认识了许多人，来自全国各地，职业五花八门。也许这就是大城市的好处，人来人往，不知道人们都来自哪个方向。

天色暗下来的时候，我回去。路灯下，三亚湾路旁全是跳舞的"候鸟"，新疆人特征明显，服装表明了一切，舞姿也独具特色，有技术含量，比如那个晃脖子的动作，我尝试了多次就是做不好。新疆人跳舞总是花样很多，眼神妩媚，身子妖娆。相比之下，东北人就简单多了，服饰极其艳丽，大秧歌扭着，扇子在手里面摇着，一学就会，像她们的为人，直截了当，粗声豪气。

其他的人群就平凡多了，分不清特色，就那么随着歌曲舞曲在活动着。

夜色中，我骑车奔驰在三亚湾路的大椰子树下，看路边的表演队伍，一个接一个像比赛一样。好热闹的三亚湾，这里几乎都是来过冬的"候鸟"老人。晚饭后，没有了大太阳，在家里待了一天的人都像蚂蚁一样出巢活动了。

三亚，这个被"候鸟"包围的城市，温度适宜，海风舒爽，环境优美，很多人来了都不想离开，尤其是冬季，北方寒风萧瑟的时候。我也一样，情不自禁地爱上了这座海岛上的城市。

探访临春岭森林公园

早上依旧早起,去公园呼吸新鲜的海岛空气。中午做了排骨,剔下了一些瘦肉做了一点饺子馅,去买了饺子皮,包了饺子。无奈一个人吃得太少,十几个饺子就把自己打发了。排骨我只吃了两块,这个时候,总是想起儿子,如果儿子在身边多好啊!可惜他总是那么忙。

吃饱了饭总得活动一下,午休后我决定去临春岭公园走走,看看那里有什么风景。

我在商品街用手机扫了单车,一路向前,过了临春河桥,到了美丽之冠大树酒店。再后转向凤凰路,在路口问了一个美女,她在网上帮我查了一下方向。本来我以为她是当地人,谁知道她说自己也不知道,她一边说一边帮我在网上搜,看到她很热心,我也不好意思拒绝她的帮助。

一路向着临春岭的方向骑行。凤凰路上,有一段上坡路,骑了一会儿,累了,我就下车步行。后来坡度不大了,我再次骑上了车向前去。

真喜欢凤凰路!头顶绿荫婆娑,路旁兰叶浓密,一路浓绿包裹着身心,感觉舒服至极。

看到临春岭公园大门,我过了马路,在路口锁了车,来到了公园里。

入口处是一个宽阔的广场,向上走有许多台阶,我看了一下导览图,沿着林荫下的台阶向上去。虽然资料上说,这个公园只有195米的高度,我感觉还是挺有难度的。上山的台阶又多又陡,我是穿着拖鞋来的,我以为这个公园是个没有难度的公园,真是想错了。

上山的路走得挺艰辛,走过了一段又一段台阶,向上望望,仍然很陡，望不到头。两侧全是浓密的树林，密不透风。走着走着我就有点累了。一个年轻女士有老公搀扶，还累得东倒西歪。我也走得微微出汗。倒是周围山林，满眼绿色，让人心里感到安慰。时不时还有一些花养人眼目。也有一些奇奇怪怪的植物，叫人大开眼界，比如有一株树，叶子青绿细碎，叶间挂着一些弯弯扭扭的大扁豆，有半尺多长，让人感觉大自然真是奇妙。

公园里有几个小景点。临春岭虽是个海拔不高的山岭，但上山的台阶堪比名山的某些路段，挺陡峭。我走走歇歇，补充一下体力，也不知走了多久，终于来到了茶亭。这是一个多边形的亭子，我坐在茶亭下休息，只想多停留一些时间。歇了很久，欣赏着眼前的绿色植被，感觉不早了，才起身向上去。过了一段平缓的路又开始向上攀登，台阶很多，据说全程有四五千米的距离。

曾经爬过许多大山的我，向上去，感觉超乎我的想象，不像资料上说的那么容易。走啊走啊，一路上询问了不少下山的路人，有的说马上就到了，有的说还很远呢！

不管怎样，既然来了就不能怯步，只管走吧，累了歇歇继续就好了。想到以前那么多大山都登过了，这又算什么呢？这样一想，心里就有了不服输的劲头。

终于来到了瞭望塔，是一座五层的塔楼。沿着中间的转梯上去，我终于站在了最高层。风很大，呼呼地吹乱了我的头发，但是感觉极其舒爽。整个三亚市出现在眼前，从凤凰岭到凤凰岛、白鹭公园、大树酒店、临春河以及前方的大海，海上的点点船只，都在视线之中。有一种豁然开朗的感觉。周围山岭起伏，绿色绵延，与临春岭公园的绿色植被连在一起，像油画一样漂亮。

拍照录制视频，欣赏夕阳落在海上，一切如诗如幻。远远望去，临春河与白鹭公园的白鹭湖上像撒了碎银的绸缎一样，美轮美奂，叫人感叹。

到处都是绿色，到处都是清新的空气，在高楼上极目远眺，有一种极其美好的感觉。

在楼上玩了许久，才下楼来。前面还有一个逐鹿谷，上去的时候，天已经快黑了，游人稀少，我有点担心。又不想留下遗憾，就继续向上去。上去了，才发现还有人在那里拍照游玩。我在逐鹿台上简单浏览，看看天色已晚，赶紧下山去。满山坡都是植被，林深人少，夜色让人恐慌。没想到山上有灯，一下子亮了，还有行人夜游，正在上山，这时我才放了心。

回到瞭望塔的时候，发现楼上的灯也全亮了，金灿灿的，很漂亮。我忍不住又上了楼，眼前的三亚市灯火辉煌，如铺了满地的星星，又像一张漂亮的灯网。不少游客在楼顶拍照，我也拍了一些，痴痴欣赏着眼前的一切，觉得这半个下午的辛苦真是值得。

我总是对美好的事物有痴痴的迷恋。美，让我忘记人间烦恼；美，让我觉得人间值得；美，让我的心里涌起波涛汹涌的幸福。面对大美，我总是无言，但是享受至极，感慨良多。

有时候，美好的东西在心中存留，一说出来就平淡无奇，流于世俗，不可把握。所以，美在于体验，在于用心感知。也许，美只是一种幸福的意念，但人生有此感知，叫人感觉多么充实。

下山去，我不急。台阶多，慢慢走。只管往下走就行了。总会有走下山的时候。依然是走一走，歇一歇，依然是缓缓而下。终于，我走出了临春岭公园。

此次游山，白天的景，夜里的景，都看到了。我总是有着许多别人没有的满足。在公园门口，我扫了一辆单车回去，在凤凰路上奔驰，都是下坡路，轻松得很，也惬意得很。头顶是大树的浓荫，路旁是一丛一丛的长叶兰，仿佛呼吸了满满绿色的空气，我惬意地向居住的方向奔去。

城市的灯火，伴随着兴奋的我。在白鹭公园对面，我锁了车回去，公园门口广场上跳舞的人很多，像在举行着万人大会。

饭后，我忍不住又去了白鹭公园。仿佛不到白鹭湖边坐坐，我就不能给这一天画上一个完满的句号。

再次坐在公园湖边的时候，我望着临春岭的方向，忽然明白了山上那座灯光灿烂的塔楼，就是我刚刚去过的临春岭公园的眺望塔。以前我每天在白鹭湖边望着那个方向，猜测那里的情形，现在一切真相大白。坐在湖边，我在心里暗暗地笑出声来。原来如此。世间的一切，只有走过了才最明白。那就是临春岭公园的最高处，那里真是一个天然的绿色大氧吧。

资料上说，临春岭原先叫作虎豹岭，有2500亩大，登山栈道全程5500米。另外一个方向还有一个入口，那边也有几个小景点，我这次没有走到，以后有机会再去探访。临春岭森林公园是三亚市一个开放式的公益性森林公园，不收门票，可以随时去玩。

游西岛上凤凰岭

十三号我联系了旅行社，想去西岛玩一天。座位满员了，我被安排在十五号。

十四号晚上，刚认识的内蒙古美女伊月微信联系，问我：这几天你在干啥呢？我说我准备明天去西岛玩，你去不？她问了情况，对我说，给我也报上吧。

我知道她和我一样，一个人身在外地，做什么之前都很谨慎。但她独相信我，也许那一天她看到我在公园看书，这个场景打动了她吧。现在社会上骗子那么多，手段那么高明，谨慎是很必要的，一个看书的女人应该心地纯净，不会骗她。我想她大概是这么想的，毕竟这社会好人还是多的，不可能人人都是骗子。后来我们加了微信，又有了许多了解，彼此有共同的信仰，便不再有太多的防备。

就这样伊月和我一起去旅行，她爱写诗，我爱写散文，对文学共同的爱好也让我们彼此接近。

早上六点十五伊月就给我发微信说，她已经到了临春河步行桥上，而我正在小吃店吃早餐。早餐后我去与她会合，在凤凰路上一起找到了上车地点。在乘车点，遇见另外五个人也是去西岛的，和我们同乘一辆车，便放心了许多。毕竟这是第一次在外地随团出行，人多，心里就踏实些。

西岛是真的好。

导游带我们上游船的时候，我就开始动心。上了游船，在窗边坐下，看着玻璃窗外的海水，我就醉了。这是什么样的水啊？柔柔滑滑地动荡着推拥着，关键是蓝得那么好看，不是纯蓝，蓝里有绿，绿中有蓝，如琼浆样，一望无际与天相接，是叫人一路惊叹的那种好。

我坐在窗前，一直在陶醉。许多人拿着手机在拍视频。我们像坐在向前移动的摇篮中。城市渐渐退去，白云四处涌起，蓝色的海像画一样。

在海上航行的时间不短，有二十多分钟的样子西岛才出现在眼前。

真是一个美妙的小岛！单是周围海水的颜色已经叫人醉得不得了，上岛去，椰林沙滩各种娱乐设施，更让人觉得陶醉。看了导览图，我们去坐电瓶车，准备先去牛王岛。导游说，牛王岛是新开发出来的小岛，坐电瓶车可以到达。

在牛王岛上，我们又认识了两个女人。她们都来自武汉，其中一位老家是河南的。我们一边欣赏风景，一边聊天。老家是河南的女人年龄与我相仿，聊着聊着就成了朋友。我们在一起拍照，彼此说笑打闹，彼此成就着一个女人爱拍照爱美的小小梦想。

牛王岛很小。一条粗糙的水泥路与西岛相连。岛上有几个小景点，高处有一头刷了金粉的大牛，冲着大海低头奋蹄，还有山盟海誓的小亭子，有一座空中吊桥叫情人桥，暂时有网拉着没有开放。

山上有三角梅开得艳丽，山下礁石成堆。在山顶全方位看海，大海湛蓝，一望无际，让人心旷神怡。山下海水冲击礁石，卷起层层雪浪花，看得人如痴如醉。美女伊月，下到海边赤脚去踩水，甚是欢愉。

坐电瓶车回西岛去海边赏景，椰林下有草蘑菇遮阳伞，有躺床，有吊网，有秋千，有各种美美的小雕塑，比如小海螺，比如小贝壳，都是小情调小欢愉。不说这些，单是白色的沙滩与蓝色的大海相映相衬，已经叫人感觉大美。

穿过海滩去渔村，有许多小楼，有许多做生意的，吃的、喝的都很丰富。还有女人骑着电动三轮车要拉着我们去逛渔村，一个人十元钱，被我们拒绝了。我们在小渔村里，走了一会儿，看到村里许多小楼挺有情调，觉得非常安逸。因为时间关系，没有敢逗留，便开始往回走。

椰林大海沙滩，简单的绿色蓝色白色，已是天底下最让人钟情的画。我们一边欣赏西岛美景，一边走着说着笑着满足着。

离开西岛的时候，在游船排队的地方，看到许多斑马鱼在蓝色的海水里梦幻一样地游着。恍然想起许多年前我在地理书上看到的彩色鱼群，这次见到了真的，而且那么多，那么漂亮，真仿佛置身画中一样。

坐船回去，依旧被海水的美好感动着。抬头远眺，看到了远处山与海之间三亚市的白色楼房，从东到西那么干净，那么诗意，更加喜欢这座地理位置独特的城市。天上云朵悠然，海上水波荡漾如绸缎一样，美得叫人直想赞叹。

西岛不大，但周围海水很美，不知道如何去形容那水的色彩与美好。在西岛可以潜水，海上有许多娱乐项目，我们只是走马观花走了一圈，心里就装进了满满的欢喜。

晚上，大巴车拉我们去凤凰岭看夜景。天上有灰云，还下起了毛毛细雨。夜游凤凰岭，显得更有情致。

我们几个人在西岛已经玩得很默契，结伴坐索道上去，说说笑笑，甚是幸福。夜色降下来，凤凰岛上灯光点点，如梦如幻，我们进入梦幻森林，眼前更是一亮。

到处是雨林，林中灯光映照下的萤火虫，星星点点，缀满树冠，恍如梦境。走过一景又一景，雨林中出现了许多扇动着翅膀的彩色蝴蝶灯，还有灯光蘑菇，灯光蜻蜓，各种灯光小飞虫，十字架下的彩色魔幻墙，灯光圆球，洁白的月亮秋千，各种各样的梦幻风景，山盟海誓的情景照。灯光在远处秀出各种图案，如拥抱在一起的帅男美女，有两个酒杯碰在一起，有两颗心的相拥。在彩色通道上，有各种爱的称谓，还有一座灯光变幻莫测的山顶教堂。太多的灯光秀让人目不暇接，数不胜数。

在凤凰岭上，还可以居高临下看三亚市的城市夜景，身边如梦如幻，眼前如铺了一地的繁星。资料上说，凤凰岭上是观三亚夜景的最高点，真的美轮美奂，让人感叹！

这一天，我们坐船去西岛，再从西岛回来，环三亚湾路，新风街，河东路，凤凰路，到达凤凰岭。从海上到空中，多方位感受了三亚的美好。我觉得对这个城市的美，又有了更丰富的感知，还结识了一些新的朋友。在这座陌生的城市，我又有了一些新的遇见，感到人生真是有无限的可能。也再一次印证了我的信念，走出来才会有风景，走出来才会有新的人生。

在这里也会有烦恼

昨天晚上没有睡好。一是住处有点热，第二个原因可能是我自己上火了，晚上胡梦颠倒。今天早上没有去公园跑步，做了木瓜鸡蛋汤，韭菜鸡蛋饼，然后去教会听道。

上午十点多回来，什么也没有做，休息了一会儿开始做饭。煮了面条，放了鸡蛋、生菜、韭菜、小葱。把我吓了一跳的是，洗菜盆里有一个小青虫，一寸多长，肉乎乎地爬到我刚刚洗净了的青菜上，一下子吓到了我。我本能地尖叫了一声，好在没有其他人在场，不然会嘲笑我胆小。我手忙脚乱，不知道如何去做。等清醒过来，才想办法用筷子夹住青菜，连菜叶子带虫子扔进了垃圾桶里。一切惊心动魄，但没有别人帮忙，我只好自己处理的时候，忽然想起了老公。要是老公在身边就好了。这段时间，我自己玩得不亦乐乎，觉得自己一个人过得无牵无挂，真是舒服。连和谁解释也不用进行，真是省事。现在看来，还是两个人好。

又想起那天，我买了排骨，小碗中可能有一点排骨汤没有清理，我去拿碗装饭的时候，忽然发现碗里一堆黑乎乎的小蚂蚁被惊吓，东躲西藏，也吓坏了我。我本能地大叫一声扔了碗，但立刻意识到不对，蚂蚁不处理会跑得到处都是，便立马又拾起了碗，放到水龙头下面，用自来水反复冲刷，把蚂蚁冲跑了。后来我发现厨台上还有许多蚂蚁，简直傻了眼。但立刻又明白不清理，会爬得到处都是。略略迟疑，我便去取来卫生纸，开始在厨台上扫荡，把蚂蚁用纸包起来扔进了下水道。其实那时候，我心里真无助。简直不知道如何处理，可又被逼无奈，只好赶紧处理。我用卫生纸把厨台抹了无数遍，然后一点点清洗，上上下下洗了多遍。我以为清理好了，偶尔还会发现几个不要命的小蚂蚁在我行我素，我只好继续处理。

那个时候，我的心里真是充满了无奈的情绪。

我打电话给儿子，儿子说在三亚住再高的楼，只要有什么香甜的东西没放进冰箱里，小蚂蚁都会出现。

我听了，真想立刻收拾衣物回老家去。

后来想起一篇文章中说过，热带雨林中还会有食人蚁，就觉得这如小米粒大小的蚂蚁也不算啥了。

那两次惊叫，都是在毫无防备的前提下出现的。简直惊心动魄，让我心有余悸。

要是老公在身边，这些事就不用我管了，这些小蚂蚁小青虫让我深深想念起老公往日的好处来，但远水不解近渴，没有办法，我只能坚强地过自己的生活。

下午去商品街卫生所打第三针疫苗。一个人打开导航，十几分钟的时间就到了社区卫生所。人非常多，我等了好久才打上。

没有想到的是商品街的街道纵横相连，有那么多那么深的巷子。要不是因为有事，我没有想过要来这边探寻。也就是因为有事，我才发现了这里的另一些风景。虽然是街道风景，也让我开了眼界。仿佛我居住的城市还有许多秘密没有被我发现，现在一个偶然的机缘，我又打开了许多地理坐标，这真让我感到新奇。

来三亚已经三周多了，这座城市的秘密一点一点被我揭开，我走过的地方一点一点在地图上被我点亮。

天阴着，家里有点闷热，公园凉风阵阵，我早早吃了晚饭，锁了门去公园。跳舞的表演的人挤挤挨挨，公园入口广场热闹非凡。

冬天，三亚确实是个宜居的城市。当晚风阵阵吹着我的裙摆飘飞的时候，我又忘记了小蚂蚁小青虫带来的烦恼。闷热的感觉也被风吹走了。公园里的大树在灯光里影影绰绰，婆娑起舞，我的心又开始进入欢喜的境地里。我喜欢雨林，在公园的树下散步是我喜欢的事情。千里迢迢来三亚过冬，我不能被小青虫小蚂蚁带来的烦恼搞乱心思，我得好好享受雨林的滋润才值得。

探访迷宫一样的生活

两天的燥热过去。

早上去白鹭公园散步的时候，凉风习习，特别舒爽。我在公园里走了一圈，看到草地上也有了些许落叶，明白这就是三亚的秋天了。有一种叶子，形状奇特，弯弯的像一把金色的小镰刀。我弯腰去捡了一片，拿起来感觉很有意思，质地厚实光滑，叶子纹路清晰，弯弯的又像一轮金黄的小月亮，越看越喜欢，不由得弯身去捡了许多。

大自然，是一部丰富有趣的大书，山川河流，花草树木，数不尽的乐趣就在其中，我总是不厌其烦，愿意终身向自然学习。我看了一下，以为这是油棕树的叶子。平时我以为油棕树不会落叶，即使落了，也是那种枯黑的色彩。没想到，在这北纬18度的雨林公园，见到叶子刚落下时的亮黄，竟如此漂亮，禁不住捡了许多。这真是天然的手工画材料，研究自然的第一手资料。对于我，这是一次对美的重新认识和感知（很久以后，我才明白这不是油棕树的叶子，而是油棕树对面那棵相思树上的叶子。这叶子长相漂亮，树的名字也文艺浪漫）。

临春河上习习的凉风，穿过红树林，吹在公园里。椰子树的叶子飘飘摇摇风姿绰约，雨树的叶子也在空中尽情舞动着雨林的绿色，让人禁不住感慨，三亚的冬天是如此美好！我的长裙被风吹起，呼呼翻飞。这个早上，我又一次在雨林下沉醉无比，我是来旅游度假的，感知这座城市的美好已经成为我的习惯。

我怀着一种轻松愉悦的心情走在公园里。有合唱团的男男女女，在椰树下优雅歌唱。有吹着葫芦丝的老人在比赛着表演。我上去询问，一个大姐很热情地告诉我，可以买个葫芦丝来学习，八十多岁的老哥哥免费教大家吹奏。我曾经在我居住的小城为无处拜师学习葫芦丝而苦恼，现在，在这里一切都是如此轻松就能搞定。我已经多次感慨，在小城无法达成的事，在这里根本不算个事。来自全国各地的民间高手云聚在此，他们有着开阔的心胸，开放的格局。这种氛围真让人感觉舒服。

回家来，我想休息一会儿，躺在床上闭目养神，忽然又想起附近的港华广场里的海呈书店，就想去看看有什么好书，里面是什么样子。有了新的目标，我立刻精神百倍，收拾好东西出去，几分钟就来到了港华广场正门，从直升电梯上去，我轻松找到了书店。

很不错的一个书店。书架上有许多新书，我走着看着，拾起一本《猎人笔记》翻开，立刻被里面的景色描写吸引了。我最喜欢文学作品里的自然风景描写，这本书后面的草原与森林描写更让我欲罢不能地喜欢。

我在一个小凳子上坐了下来，看了一会儿，眼睛就困了。本来今天准备什么都不做，歇歇眼睛，现在又开始用眼。这段时间我读书写作发视频，用眼过度，眼睛感觉疲累，真想好好休息一下。

我在心中给自己下了命令，这才把书放回书架，去买了一本笔记本。来三亚的时候，我怕在这里找不到自己想要的笔记本，就在家里带来一本新的，已经写了一大半，怕用完了影响我的写作，就买了一本新笔记本。又翻看了一本海南的风景大全，才走出书店。

依旧从四楼直升电梯下去。只有我一个人，电梯速度非常快，仿佛飞机降落一样就来到了港华广场上。凉风吹动水果街的大树，长长的枝条上缀满绿叶，在风中飘飘摇摇摆动。我的裙子再一次被风吹得呼呼作响。冬天的三亚，美得像一首诗。

穿过港华水果街回住处去，花花绿绿的热带水果摆满每一个小摊。满目奇异的果实让我心动，想想家里还有芭蕉，还有网纹瓜，所以我径直走过水果街回去。

  路上，我一直在想，去一次书店，我也仿佛在异地他乡又进行了一次秘密的探访。每次出去探访新地方，我都像在用心触摸这座城市的心脏。昨天去打新冠第三针疫苗的时候，我导航找到了社区卫生所。穿过商品街的一条条街道时，也是这样的感觉。

  如果说一座陌生的城市是一个迷宫，每次出行就是一次探险。其中的欢愉，只有自己的心知道，那是一种特别奇妙的感觉，又惊险又快乐。

  在异地他乡，别人平常的生活，在我们却是全新的感觉。这种状态，让我一次又一次感到很有收获也很幸福。

落笔成文的生活才更加幸福

那天，我去拿切开的哈密瓜，发现上面爬满了小蚂蚁，心里又一次受到惊吓。我不清楚那比陆地蚂蚁小许多的热带雨林小蚂蚁怎么有那么灵敏的嗅觉？我住在四楼，离地面这么高，小蚂蚁竟然如此多，我被小蚂蚁搞得不知所措。这几天，我连做饭的兴致也没有了。因为我发现厨房的平台上时常有小蚂蚁的影子，我不知道该如何处理。

天阴着，下午，我去白鹭公园，风呼呼刮着，我穿着风衣竟觉得很冷。后来才想起是台风"雷伊"带来的影响。

我一个人在风中慢慢走，后来去了凤凰路。走在大树之下，看着满眼绿色，天有点冷我也不想回去。走着走着我发现天下起了小雨，这才赶紧返回。小雨渐渐大了，到晚上变成了中雨，淅淅沥沥下了一夜。

今天早上，我在抖音上看视频，说海南岛十二月底有台风非常罕见。一般情况下台风十月底就结束了，今年是特殊情况。有人说自己第一次来三亚就遇上了台风，我也一样。

在我的印象中，总觉得台风吹倒大树，掀断桥梁，破坏力极强，现在亲身经历了，觉得也不过是下了场小雨，后来下得更紧一些，说是中雨好像也称不上，仿佛内地夏天的阵雨，雨点并不大，但是雨线很密集。

下雨了，我就在家里写文字，看书，欣赏视频，不出去了。

不想一直吃外面的饭，早饭后，我去超市买了八个大基围虾，才七元多，又买了一个土豆和一个胡萝卜，几根蒜苔，中午做米饭。因为儿子给我的炒菜锅忘了带锅盖，我炒菜就用儿子给的电饼铛来煎炒，没想到煎出来的大虾土豆片胡萝卜青菜，还挺好吃。我一个人在走廊外边的阳台上，欣赏着对面大树的绿色枝条，听着小雨淅淅沥沥。吃了午饭，心情渐渐有所改变，把小蚂蚁带来的烦恼忘掉了。且不管它，我已经查了资料，在网上买了一个制裁蚂蚁的东西，若它们再欺负我，就给它们点颜色看看。

热带雨林发达，所有的生物也跟着比较发达。应该想到事情既有好的一面，一定也有一些让人烦恼的地方。

昨天晚上，我和老公打电话聊天。我说下雨了，老公说下雨了不能出去，你在家干啥呢？我说我正好可以读读书修改一下文章，我写的文字还没有整理呢，这不就是机会吗？真的，下雨了，早上醒来不去公园，我就那么躺着听雨在窗外滴滴答答像唱歌一样不停歇地下着。不急了，人生已过半，该放慢节奏，好好放松一下了。

我来三亚已经快一个月了，对这里的生活渐渐熟悉，但愿不要麻木。美好的感觉是用心去体会得来的，保持一份清醒，时光才会变成美好的样式。还有许多地方我还没有去探访，我准备慢慢开始走出去，开启旅行模式，去欣赏更多的海岛风光，我的旅居笔记里应该有一些体现。只有计划着去生活，生活才会是自己想要的样子。

昨天，简单回顾了我写的文字，已经达到五万之多，超前超额完成了这一个月的写作任务。一天天走来，所遇所想也都落笔成文，成了这一段日子的纪念。

人生的每一个阶段都值得记录。每一个日子都很珍贵，记下来就是无数次地走过了，我喜欢把它们记下来。记下来，仿佛我生活了很多次，有了很多次的体验、很多次的快乐。

我不知道别人想过没有，人生在世，什么最重要？在我看来，自己走过的岁月对自己来说才是最重要的。别人再伟大是别人的历史。自己记录自己的生活，才是记住了自己的历史，自己的历史对自己来说是最宝贵的，没有谁比谁更值得珍惜！自己爱自己，且过好自己的生活，是温暖，是浪漫，是不可比拟的幸福。

幸遇双彩虹

以前听说海上有台风，我便很担心。因为每次来台风，陆地上的城市都会遭到破坏。这次在三亚亲自经历了台风"雷伊"带来的影响。也可能，海上确实巨浪滔天，但落在城市里，只是下了一场小雨。昨天下午天晴了，我去白鹭公园散步。

太阳出来了，碧空如洗，后来还遇见了彩虹。开始天上是一道彩虹，后来变成了双彩虹。长这么大，我第一次见到双彩虹，而且无遮无拦，非常漂亮，就觉得好幸福。

彩虹很大很美，我用手机去拍照，根本拍不到一个画面里。彩虹落在白鹭湖上，天地间形成了一个彩色的圆圈，真是美轮美奂，让人惊叹。雨后，天空如洗，彩虹的色带很宽，红黄蓝，极其清晰，半个圆落在临春岭的山头上，半个圆落在三亚市的楼房顶，跨度很大。我总想用手机把彩虹完完全全拍进一个画屏，但是怎么尝试都做不到。白鹭湖的水面波光粼粼，彩虹倒映在湖面，正好与天上的半个圆合成一个圆圈，此前从未见过，可见三亚的空气质量有多好。虽是一种特殊的天气现象，但那种美让人震撼，许多人举着手机在抓拍这个立在天地间的彩虹圈。一个孩子用天真的声音告诉奶奶，是他先发现的，他很兴奋。

彩虹持续了很长时间才渐渐隐去，西边的晚霞灿烂浓烈，火烧云一般，在天地间与彩虹相互呼应。

晚上天空浩荡，满天星星，月亮也仿佛被洗过一般，特别皎洁。在三亚，总有人走着走着就举起了手机，我怀疑那个举着手机的男士拍不出什么清晰的图片，但他就是举着手机在拍着，可能也是月亮的皎洁打动了他的心吧。

我在公园走了一圈，抬头仰望着夜空的星星月亮，感觉天地间都像被洗过了一样纯净。

我以为台风就这样过去了。

第二天早上，我下楼去，发现天又下起了小雨，满天灰云，云层厚实，似泼不开的浓墨。中午小雨还在下着，我打着伞去公园散步，走着走着又去了公园那边的图书馆，在那里读了一个多小时的书。回来的时候，雨仍然在下着，雨丝密集，雨林翠绿。

是2021年的冬至，在这海岛上的城市里，我穿着薄薄的棉麻风衣。没有风，也不觉得冷，空气好像被洗过了一样，我感觉很舒适。我去一个小店吃了一份韭菜鸡蛋馅的饺子。我第一次在海南过冬至，不用穿着大羽绒服戴着帽子，这生活以前从来未有过。

下午，我在家里修改文字。晚上再去公园，雨已经停了。天上灰云仍然很厚。后来天空露出一部分，星星也跟着露出来，地上的人们又开始唱歌跳舞，公园里又开始热闹起来。这别样的海岛生活啊，总是让我想拿起笔写下点什么。

坐在公园的青草地上

早上起来,天气晴朗。我在公园跑了一圈,然后去了教会,没有想到在三亚,我还能常常去聚会听道,真的很感恩。

中午我做饺子,买了十元的大虾,请卖虾的姑娘剥了虾皮收拾好,我又买了小芹菜和香菇,回家自己做饺子馅。虽然不比在家,厨房小,工具凑合,但是终于做成了。能吃上自己做的饺子了,我感觉很幸福。吃饺子的时候不由得又想起了老公和孩子们,若是他们在身边,也能吃上我做的饺子多好啊!

下午,去公园,走着走着就想坐在青草地上,坐下来就不愿意起身了。这一段时间,我刷抖音用眼过度,感觉视力减退,想休息一下眼睛。看着周围的绿色草地绿色大树,我的心一下子就变得绵软了下来。远处,有人在吹萨克斯,我的心随着音乐起伏,感觉很美。索性脱了鞋,去了风衣,一个人盘腿坐在草地上,哪里都不想去了。就这样让我虚度时光吧。

下午的阳光很艳丽,洒在草地上,洒在大树上,一切都很有光彩,是很新美的样式。我看看周围的每一棵大树,它们都让我无限敬佩,经历多少海岛风雨,才长成了这样硕大的样子。那些翠绿的树冠无言,那些七扭八歪的老根无言,但我好像看到了大树成长经历狂风暴雨的那些考验。

所有有格局的生命都无言,默默成长,默默修炼,自成风景,慰藉自己,已经足够丰盈。

许多人从我身边经过，我欣赏大树小草，或者闭上眼睛休息，这个下午，我只想这样坐在青草地上虚度人生。

　　太阳的光彩渐渐隐去的时候，我想回去，却不由得又来到了公园另一边的图书馆。取了一本杂志，我默默看着。后来我修改文章，再后来我书写心情，把心情变成文字，留在我的笔记本上。笔和本就是我的伙伴，在三亚，我每天把自己的许多精力放在书写文字上面。笔和本记录了我的生活，我用文字记住了岁月。

　　天黑了。这一天就要过去，我收拾东西准备穿过公园，回到热闹的人群中去。吃过晚饭，再回到公园里看月亮，看星星，看河水上涨，看别人歌声悠扬。

　　图书馆里，总是有许多人在看书。对于我来说，好像一个人在深山老林里进行着一次采摘蘑菇式的旅行。我与那些陌生的读者在各自的世界里向前，就仿佛人生里，谁与谁认不认识，没关系。我们无言地相伴了一程，彼此不用关心，不用问候，各自安好，都在自己的精神世界里前行就好。

2021年关键词：知足

时间过得真快。

每年写年终总结的时候，我总是这样感慨，今年也不例外。来三亚旅居到明天就正好一个月了，这样一想，心里再一次感慨：这日子过得可真快啊！

早上我六点起床，六点五十去白鹭公园跑步，天还未大亮。东方的云层中有了彩霞，跑着跑着，我发现头顶红霞满天，不是一大片，而是这儿一堆，那儿一块，在厚厚的灰蓝色的云层里点缀着。仿佛天空是个圆圆的屋顶，东边西边全是星星点点的红霞。我一边跑一边在心中感叹：真美！

头顶彩霞满天，地上热带雨林大树长满公园，青葱翠绿，仿佛北方的夏季，比北方的夏季还浓郁。因为这里是北纬18度的三亚，雨林茂密，树冠硕大，有着别处没有的气势。许多人在晨练，公园里热闹非凡。三角梅开得正艳，点缀在公园的角角落落。在公园跑了一圈，我心满意足回去，吃了早餐，开始用手清洗这几天攒下的衣服。

秋天的时候，我退休了，紧接着冬天来临，我不想在北方的寒冷里叹息，就在十一月底坐着飞机来到了海南。我在三亚租了个房子。租房子的时候，小屋里其他东西都有，就是缺了一台洗衣机。没有洗衣机也没关系，因为我现在有了时间。在老家，夏天的薄衣服我也是用手洗的。现在，我在小屋里用手洗着衣服，洗着洗着，就想起母亲说过的一句话。

我青春的时候，总是这也不满足，那也不满意，母亲就告诉我，一个人应当学会知足。那时候,是20世纪80年代,物质生活与心中的理想根本不在一个层次上,我哪里会懂得知足。现在,我在自己租住的小屋里,用手洗着衣服,心中涌出的感觉却是知足。

是的,我终于学会了知足。

我是真真切切地满足。有这种意念时,我远离了家乡,在他乡的租住屋里,用手洗着衣服,可就是真的心里很满足。

"满足"这个词,其实不是对于这一个时刻说的,而是对过去的这一年来说的。

这一年,我还有什么不满足的呢?

春天,我在自己居住的小城里生活。那时候还没有退休,节假日,我常常乘着公交车去公园看花,一茬又一茬的花儿在公园次第开放。杏花、桃花、海棠花、牡丹花、蔷薇花、月季花、芍药花开放的时候都那么美,我一次又一次把它们拍进了抖音里,记录了心中的感动。

春天,我还和朋友去了一趟西安,感受了古都的风景和美食,体味了古城的历史与辉煌。

夏天,我和老公去威海银滩住了一段时间,又有了一次海边度假的安闲。那大美的天地,让我们的生命变得无限舒展。

秋天,我退休了。正值我的生日,怕我失落,老公陪我去了一趟云台山,在山中住了一个晚上。后来我又和朋友去了洛阳的鸡冠洞和重渡沟,在大山里住了一宿,体验了伏牛山里的秋天。

国庆节,我和小女儿乘飞机去了云南。八天的行程,在大美的山水中行走,感受了红土地的风土人情。石林、洱海、泸沽湖、丽江古城、大理古城、束河古镇、茶马古道、昆明滇池,一次又一次,让我心动让我感慨彩云之南的美好。

冬天,天冷的时候,我又来到了三亚。我已经在这里生活了一个月之久,并且准备在这里过个新年,明年天气暖和了才回去。我在这里感受着热带雨林的美好，体会着海南的风情与浪漫，吃着热带的水果与美食，遇见了来自天南地北的朋友，我还有什么不满足的呢？

这一年，我的生活里又出现了一些人。儿子有了女朋友，是那么温暖。端午节给我们寄来粽子。夏天，我学走秀，给我寄来了旗袍、团扇、真丝包，还有摩登红人雪花膏。八月十五又寄来了月饼。我退休的时候怕我失落，教师节还给我在网上订了鲜花蛋糕，让我惊喜连连。我还有什么不满足的呢？

大女儿女婿国庆节虽然未回来，但是寄来了同仁堂的白盏燕窝，让我感受到了来自亲人的关怀，小女儿经常回家来陪伴我，给我买包包做美食，我还有什么不满足的呢？

如果说有不满足的地方，那就是希望小女儿早点成家，儿子早点成家。

2021年过得可真快。这一年我退休了。在生活中遇到困难的时候，常常有朋友伸手帮我，让我感到温暖。我感恩这些朋友的帮助，是你们让我的生活似锦上添花般美好，真的非常感恩。

在三亚的一个月里，我每天都很充实。去白鹭公园观察雨林，去图书馆阅读喜欢的杂志书籍，去海边沙滩上赤足踏浪，去游艇中心夜游三亚湾，去凤凰岭上看三亚的夜景，去临春河公园漫步爬山，去西岛感受椰风海韵，去牛王岭看山盟海誓的风景，骑着单车在三亚湾路上飞奔，去凤凰路上远足。太多太多的欢乐，装点了我的生活，充实了我的日子。

2021年，我给工作画上了句号。我正在开启新的人生。读书，写作，旅行，一个人也要生活得兴致盎然。

2022年，愿一切更好，愿生活是自己想要的样式。

2021年即将过去，回首这一年的生活，我真的很知足，很感恩。那过去了的一切就让它留在记忆的相册里吧。新的一年，唯愿家人常相聚，每个人都幸福。

繁华的生活不一定物质特别丰厚，但一定是心里想拥有的。在简单的生活中我们要过出繁华的意境，生命不息，追求不止。愿我们每个人都过自己想过的日子，让一切都成为自己想要的样子。

2022年，愿一切如愿，愿生活更加温暖幸福。

爱的相聚

人生的事，有时候很难说清楚。比如我怎么也不会想到，2021年我退休后来到了三亚，在市里租了三个月的房子，远离了冬天的寒冷。更没有想到，我在三亚会遇见一些这辈子根本想不到会认识的人。

在三亚找房子的时候，我看到了一个基督教会。我走进去询问楼上有没有房子出租，一个女人热心地说，楼上没有房子了，但她自己家里还有一间房子。虽然我和她一起去看了房子没有相中，但我们彼此有了了解，她来自黑龙江，是一名小学语文老师，与我一样，也退休了。她在教会唱诗班，有时候还做教会的主持人。

还有一位，就是我在白鹭公园看书的时候认识的内蒙古美女伊月。她竟然也信耶稣，和我一样爱好文学，还经常写诗。她常常与我联系，我们还结伴去西岛旅游，夜游三亚湾凤凰岭。

伊月很热心。我们相聚时，不是为我带一瓶水，就是给我捎来一串糖葫芦，常常让我的心里暖烘烘的。

更没有想到的是，平安夜我们三个人相聚在教会，彼此加了微信，一起站在台上唱歌。来自黑龙江的朋友还给我们每人送了一条丝巾，和她在一起，感觉温馨极了。

真是一个难忘的平安夜！我第一次站在台上唱平安夜之歌，很开心，很温暖。后来我们还在台上合了影。我们来自天南地北，本不相识，现在彼此因为共同的信仰，聚在了一起，这么温暖！

不止我们三个人，还有几个姊妹，当她们听说我来自河南时，纷纷上来与我打招呼，说她们也来自河南，有人是信阳的，有人是商丘的，还有人是三门峡的。大家仿佛认识了许多年一样亲切。

这个平安夜，真是一个温馨的夜晚！虽然下着小雨，可是我们心里有爱，感觉很温馨。回去的时候，我发现天仍然下着小雨，伊月没有带伞。我打着伞把她送到了商品街五巷的住处。我第一次送一个陌生的与我相距千八百里的女人，却觉得很早以前我们就是熟人。与伊月分别，我回去，心里美滋滋的。感觉有爱在心里流动，很温暖很美好。

因为共同的信仰，因为共同的爱，我们相聚在这座陌生的城市，仿佛有一个共同的家，这个家里的人都满脸笑意，很有爱心。

第二天是圣诞节。中午，我又来到了教会，听牧师讲道看姊妹表演节目，与来自全国各地的兄弟姐妹欢聚一堂，在爱里感恩歌唱。这是一次爱的相聚，让我终身难忘。

在三亚聚会的时候，我多次想到了我的母亲。我年轻的时候，母亲是多么希望我有她的信仰。而我，是多么叛逆。现在，母亲去世已经几年了，我却越来越相信她的信仰。母亲怎么也不会想到，有一天我会来到祖国的最南端，在三亚市里遇见一群与她的信仰相同的人，没有人催促我，我自觉自愿去教会听道。如果母亲在天上知道，会不会在天上发出微笑？

信仰是有力量的。无论走到哪里，有爱就会相聚，爱是唯一的标志。其实人的相聚，是心的相逢，是爱的召唤。有时候，想一想，我自己都觉得不可思议。

为美生活的现实价值

　　生活的意义，其实是我们自己赋予的结果。
　　我试着去过为美而为的生活，我发现这样子生活，心里就多了许多美好的感觉。
　　圣诞节的中午，我在教会听道看节目，下午在家休息。天下着小雨，晚上，雨停了，我来到了白鹭公园。风很大，像内地初秋时风吹树林的那种飒爽。
　　有时候，海岛上的风似乎格外强劲，刮得公园里的雨林大树，摇动树冠，发出海涛一样的声响，那声响在我听来是那么逍遥自在。
　　来三亚这么久，我几乎天天来白鹭公园。每次走在那些雨林大树下面，我都是仰着头在欣赏，小而密集的叶子在空中挤挤挨挨，遮天蔽日，形成层层的华盖，走在树下的我，心里常常是安娴优雅的。
　　我特别欣赏那些大树的树根，没有完全埋入土中，它们在地面上显出偾张的血脉似的老根，有的延伸到四面八方去吸收营养。那树干总是那么粗，那么苍黑，仿佛经历了太多的风雨，岿然不动，气定神闲，支撑着上面硕大而美好的树冠。而那一个又一个硕大的树冠，总是那么高，在空中枝枝相连，让人情不自禁想去仰望。
　　风起叶涌，树冠在空中发出柔和的或者急促的交响，走在这样的公园里，走在这样的大树下，我的心与树上的叶子一样起伏跌宕，那是人世间多么美妙的音乐啊！
　　一个人行走在夜晚的公园里，透过各处传来的光，聆听着树叶间起伏跌宕的涛声，我的心是醉着的。我不愿意回去，一个人在公园里陶醉得稀里哗啦。

这个冬天，我在三亚看云看海看雨林听涛声，我有什么不满足呢？我知足得心里像河水一样款款涌动着幸福。

这个时候，什么人生的意义，也没有价值。我陶醉在美好的涛声里，心里一片美好的感觉。这时候，我不由得就想起了这篇文章的题目，为美生活，每天都可以美滋滋地享受自然的馈赠、自然的滋养。

当我美滋滋地欣赏风景，感受生活时，我觉得生活才是真实不空洞地在进行着。后半生，我更愿意为美而生活。为美生活，会让我们生活得更加优雅精致。

那一声声来自海岛雨林间的涛声，让我流连忘返。我一次次沉浸在那种来自自然的美好声音里，心仿佛树冠一样摇来荡去，摇来荡去。同时也更加明白，追求美的生活才是真实的可触摸的幸福。

每天美美地生活，美美地感受世界的美好，这样子生活，是不是才更值得呢？

第三辑　旅行去

来三亚这么久了,我想到周边去看看风景,我要旅行去。

骑行三亚

1　三亚红树林国际文博会

2021年三亚国际文博会在三亚红树林国际会议中心举行。

2021年12月26日下午，我扫了单车，去红树林中心。提起红树林，我感觉很亲切。因为2016年冬天，我第一次来三亚时，在三亚上大学的儿子给我们安排住处，就在红树林的木棉酒店B栋。我们在那里住过，在院子里逛过，知道那是个比较豪华的酒店群落。院子里有泳池，有各种热带树木，有丛林，有书店，有美食街。这次去看会展，其实我不知道红树林在我租住小屋的哪个方向。我在地图上搜索才明白，红树林离我的住处并不近。就当作探险了，我在心中对自己说道。

就这样，我扫了单车，开着导航，从商品街到河东路一直向前去。不知道过了多少个十字路口，还走错过方向，犹犹豫豫着向前去。半个小时之后，我终于找到了红树林国际会议中心。当酒店的高楼出现在眼前时，我的心里是一种久违的温馨和窃喜。

2016年的时候，我正好五十岁。那时候我不会导航，不会扫码骑单车。现在呢，跟着孩子们成长，一个人在这陌生的城市里，自己扫单车出行，也可以自由来往，寻找自己的快乐，这是一种从未有过的进步。

我在红树林附近锁了单车，来到国际影视城，扫码参观，进了两个文博集市。原来是商品推销会，里面的东西挺好的，价格也贵，一个碎花玉雕特价要五百元。我相中一个牛皮包包特价二百元，想到回去的时候，携带不方便，就放弃了。还相中了几套餐具，也因为携带不便放弃了购买的想法。文博集市上的人真多，当内地的人们还在为疫情所困，不能出门旅行的时候，这里气温舒适，人们活动自由，能不让人感到幸福吗？我参观了文博集市，然后来到了主会场，各个国家和地区都有参展位置，国内的就不一一列举了。国外的有英国、日本、巴基斯坦、也门、伊朗、蒙古、澳大利亚、以色列等国家，参展的商品精美，我相中了一顶蒙古国的毛线帽子，手感很好，却要五百元。想想在三亚也用不着戴帽子，也放弃了。

在展会上走了一圈出来，就是一条美食街。一个一个小摊子上的各种美食，让人目不暇接，什么天津狗不理包子，内蒙大羊肉串，陕西肉夹馍，重庆酸辣粉，叫出名字叫不出名字的，看得人直流口水。我也不知道该吃什么了，参观一圈，最后买了一杯热乎乎的红枣桂圆枸杞中药水，十五元一杯。我找一个地方坐下来享用，眼前人来人往，红树林会展中心热闹非凡，还有个儿童游乐场所，一列装饰豪华的小火车正在行驶着。

文博会在国际影视城的主会场，木棉酒店在不远处，看着那一座座熟悉的高楼，我仿佛故地重游，感觉亲切。

时间过得真快，那一年儿子才刚刚上了大四，我和老公一起来三亚，儿子安排我们住在红树林。我们两个人在红树林里参观拍照好奇地认识热带雨林，转眼已经过了六年。

天色渐渐暗下来，我怀着温暖又复杂的心情离开了红树林国际会议中心，去路边扫了一辆单车回去，仍旧开了导航。

一路上路过几个公园，金鸡岭桥头公园、红树林湿地公园，我没有驻足去欣赏。因为时间不早，我要早一点回到白鹭公园的方向。有时候遇到下班的人流，我便融入了其中。有时候我一个人飞奔在路上，边走边听着导航在身边发出指令。在这座陌生的城市里，在这已经暗下来的夜色里，我像一个飞奔在田野上的孤鸟，没有人知道我此时心里想着什么。自由，有时候也让人略感悲伤。人，生在天地间，免不了这样的孤单，咬咬牙把一切抛到脑后，心里便再一次装上了坚强。谁不是一个人在人生的路途上坚强向上！我甚至产生了一个念头，这一段时间若不出去旅行，就这样骑行三亚吧。各个方向，各个地方，所有想去的景点都可以扫个单车去看看，这何尝不是另一种人生的潇洒？

一路在夜色中飞奔，从河东路到临春河路，我过了一个又一个路口，一棵又一棵椰子树，终于我看到了大树酒店。一种莫名的亲切感涌上心头，那几幢大楼成了我的方向。因为大树酒店的不远处就是白鹭公园，而白鹭公园不远处就是我居住的港门村3路DD号。

许多熟悉的标志，比如酒店的名字，比如白鹭公园外围的特征，开始出现在视线里，我的心里又是一阵窃喜，我没有把自己迷失在这座陌生的城市里，我又回到了原点。

白鹭公园的步行桥广场时常人声鼎沸，音乐声四起，我又听到了那熟悉的一切。我在商品街一巷的入口处锁了单车，然后一个人悠悠地回去，街上灯火通明，人来人往，我走进人群，走向我的居所。

单车骑行记录里显示，去红树林国际会议中心时，我用了65分钟，回来时用了47分钟。看来今天晚上我可以睡个好觉了，运动让人疲劳，也让人彻底放松。

2　来到了大东海的沙滩上

因为12月28日要去槟榔谷玩一天，上车地点在海上巴士站，而我不知道这个站点在哪里，下午我扫了单车去探寻。原来沿着临春河路前行，过了一座大桥，转个弯就到了。正是上次夜游三亚湾时到过的海上游艇中心的旁边。

向前看路标，竟然离大东海不远。我开了导航骑行去找寻，沿着榆亚路向前，也没有骑行多久，就显示到了大东海。在网上知道大东海开始重新装修了。我来到这里，果然看到周围栅栏围起来的改装部分，但大东海广场及前面的沙滩依然人来人往，正常开放。

每次探寻新的地方，我的心里都充满一种新奇的兴奋。这种感觉让我特别开心，像掀开了一种新生活，很有价值感。

看到白而细腻的沙滩，我忍不住脱了运动鞋和袜子踩上去。我喜欢这一种运动。仿佛回到童年，我踩着沙滩，来到了海边。天气晴朗，太阳热烈，海水碧蓝，一浪一浪的浪花冲向岸滩。有人在水里游泳，有人在水里学习冲浪，我赤脚踩着海浪，感受着海水的冲打，还请一个陌生人为我拍了一段视频。

累了，我坐在沙滩上发呆，许多人和我一样。我一直以为大东海很远，想着某天乘公交车去看看，现在骑行竟然就来到了，而且离我住的地方并不太远。像又一次揭开了三亚的秘密一般，我在自己的旅行版图上又点亮了一个景点。

就这样虚度时光吧，坐在大东海的沙滩上，我又一次在心里这样想。并且准备在接下来的时间里，我要骑行三亚，去探寻更多的景点。

3　857老码头

12月29日，中午在三亚市图书馆看书写游记，回去的时候已经过了十二点。我去商品街中巷吃了一份东北饺子，二十六元，有小菜，饺子随便吃，味道还可以。午后休息，醒来洗了衣服，之后冲澡洗头，然后出去。在白鹭公园门口，我扫了一辆单车，想骑行逛街，让头发自然吹干。

沿着临春河路向前，一路椰子树陪伴，我不着急，很随意地向前去。一边飞一边想，过去在视频图片里看见椰子树不知道有多喜欢，现在天天行走在椰子树下，仿佛做梦一样有点恍惚。有时候也不以为意，已经熟视无睹。可见人在一个环境中时间久了都会对周围的事物麻木，失去新鲜感，从而没有欣赏的心境。就像生活一样，熟悉的一切都会让人失去热情，感觉变得习以为常。

一路想一路向前。本来我想去大桥另一边的鹿回头滨河公园，因为红灯，我停下来等待。这个时候，忽然改变了主意，没有过马路去，我骑行去了另一个方向。我没有开导航，任意东西，随意骑行。沿着大道向前，看到路牌才明白是河西路。向前拐了几个弯，都是没有走过的路，后来看到了凤凰岛的高楼。我绕了一段路，以为会走到三亚湾路上，可是却误打误撞，来到了857老码头。有几艘轮船泊在港湾，我向前骑行，发现竟然来到了洋海直升机基地。有一架直升机正在空中盘旋，向下，然后落在我眼前的空地上。我很兴奋，感觉自己仿佛误入藕花深处一般，撞进这个老码头，开了眼界。对面就是凤凰岛，前一段时间我在三亚湾看到的飞机，就是从这里飞起来又落下去的。

许多男人女人在旁边看着飞机，都很兴奋。有个老姐姐不停地拍照，后来还请我给她拍视频，要把直升飞机给她作为背景拍上去。我也请姐姐给我拍了个骑车的小视频。女人的幸福都很简单，我们互相懂得。过去的年代物质贫乏，小时候照片很少，甚至没有，因为这个缘故，大家都很珍惜自己的好时光，想留一些纪念。这绝对不是炫耀，也与矫情无关，是时代给我们留下了遗憾，让我们学会了珍惜自己的人生。

经营直升飞机的小伙子过来与我们聊天，原来一百元钱就可以飞一次，只是时间只有一分钟。天色晚了，直升飞机已经停飞，另一个小伙子把直升飞机机头套上套子，盖好，下班走了。

游艇这边等待上去的人越来越多，夜色变暗，游三亚湾的人陆陆续续坐着大巴车过来，排队上船去，一辆又一辆闪着彩色灯光的游艇，渐渐驶离港口，向三亚湾的方向驶去。

我骑车回去，很兴奋，很开心。我出来兜风，没想到竟骑行来到了857老码头，看到了直升机基地，近距离了解了这里的情况，感觉自己很有收获。这真是：快乐无处不在。走出去就会遇见风景。生活，真是有无限的可能。

怀着莫名的兴奋，我穿过一条又一条大街，来到了三亚的河西路。这次我沿河西路回去，在情人桥边儿锁了车，走过情人桥，来到了商品街，去了白鹭公园。吹着白鹭公园白鹭湖边的晚风，我和小女儿进行了视频，这是快乐的一天。

4　骑行临春岭公园北门

中午，我在图书馆写了游记。下午我骑着单车漫游。从白鹭公园对面的商品街出发，我沿着临春河路向前，过了新风桥，去向大树酒店的方向。然后转至凤凰路，向前。也不知道行了多久，过了名花公园，春光路口，然后来到了临春河森林公园的北门。

上次去临春岭公园爬山，走的是正门。北门这边的风景没有看到。这次临时决定，锁上单车，去爬山。

总以为临春岭是个公园，行走没有难度，及至上了北门台阶，发现自己又错了。一开始，台阶就又陡又多，好几个路段都是直陡陡的。没有什么行人，我一个人走在密密麻麻的雨林中，感觉有点犹豫。要不要上去呢？没有行人，遇见什么林中怪物怎么办？

正在胡思乱想的时候，一个年轻女子出现在我的视线里。虽然她也是一个人，但毕竟可以互相作伴，后来又上来了两个帅气的小伙子。这下我才定了心。台阶陡，也要把这段山路走一走。

曲曲折折的台阶在浓绿的雨林中，坡度很大，没有走多久，我就出汗了。我走走歇歇，紧跟在小伙子们的后面。后来还是跟丢了。不过，又出现了另外一些人，三三两两的。有伴，我就放松多了。

临春岭山上的植物并不高大，但挤挤挨挨，一片浓绿，想钻进雨林中，看起来有点困难。因为林中上上下下都是绿色的植物，没有可以下脚的地方，雨林太繁茂了，缠缠绕绕挤在一起，分不清你我，没有人立足的地方。

沿途有米黄色的小花开放，有一撮一撮的红缨花毛茸茸的挺有意思，有一种很小的花一直在身边开着。我拍了照片，去查询，说是小菊花，淡紫色的很别致。以前没有见过。我总是遇见一些别致的树，比如那个长了一尺来长的大扁豆的树，真让人好奇。我问了过路的行人，都说不知道叫什么名字。

我从北门上山，没有上到山顶去，就在一个叉路口下了山。因为才走了北门这一段，我已经感到累了，出了一身汗。沿着台阶向下，也不知走了多久，我终于看到了临春岭公园的正大门。

公园入口有凉亭，亭下有书。我以为是哪位行人放在这里的，看看不像，猜测是对面茶亭的人所放。拾起来翻看，是一些教人改变观念的书，看了一会，很有收获。后来感觉天色不早，放下书，走出了临春岭公园的大门。

想扫个单车回去，发现临春岭公园门口没有单车。我不急，一个人默默向前走。我对三亚这个城市越来越熟悉，那种最初的惧怕心理已经基本上没有了。

我沿着凤凰路向前走了几个路口，终于看到了单车。我扫了一辆单车骑上去，一下子像充了气的气球变得轻飘飘了。夜色越来越浓，我在凤凰路上一路飞奔，在白鹭公园的另一个出口锁了车，穿过公园回家去。

公园里歌声悠扬，跳舞的人已经遍布公园的角角落落。我不急，一个人慢慢回去。

骑行，就像开拓我在这个城市的地盘，每次出去都兴奋得像一阵风。只是这一次爬山有点累。不过，我完成了要走临春岭北线的心愿，值了。

认识槟榔谷

有时候想去一个地方，只是因为某个地方的名字多次在广告册上出现，让人有一种想去看看的冲动。至于说想多么深刻地去了解，也谈不上，只是想去走一走而已。

去槟榔谷游玩就是这样一种心理。

好玩的是又认识了一个女伴，来自哈尔滨，年龄将近七十岁，比我大了许多，看起来却比较年轻，个子不高，皮肤白净。我们见面之前就加了微信。通过报名点发的资料，我打了她的电话，然后我们相约在乘车站点见面。

去槟榔谷的路上，我们一直在聊天。我得知这位女伴退休前在企业幼儿园工作，有两个女儿都已经出嫁。这么些年她照顾两个外孙，如今他们一个上了高中，一个上了大学。她也是第一年来三亚，和我来的时间差不多。只是她要住四个月，到明年二月底才回去。她的老公虽然有时间，却不愿意出来，所以她就一个人来了。而且她认识了新的伙伴，在一起结伴出游，这次因为伙伴感冒，她一个人报了名，又认识了我。没有想到在槟榔谷里她又看到了她的伙伴。那位姐姐已经七十一岁，看起来一点都不像，还会扫单车骑行，一个人常常徒步去很远的地方。听得我心里一愣一愣的，只叹不如人家。

说起槟榔谷，我以为里面全是槟榔树，这样想真是大错特错了。里面仍然是以雨林为主，各种热带植物缠缠绕绕遍布山谷，当然山谷以槟榔谷命名，一定有槟榔树。

说起槟榔树话就多了，2016年我第一次来三亚，看到槟榔树细长光滑的树干出现在旅行途中，以为是小椰子树。后来才明白是槟榔树。那细长光滑的树干上面有一撮鸡毛似的叶子，长得挺特别。导游说在槟榔谷，槟榔树被称作阿妹树。

每家的阿哥从四岁开始，就要学习爬槟榔树。因为长大他们娶妻子的时候，其中有个礼物就是槟榔。这槟榔得阿哥爬上树亲自去采，如果不会爬槟榔树，阿哥是娶不到媳妇的。山谷中有表演，我们正好遇上了。一个阿哥嗖嗖嗖几下子就爬上了槟榔树，眨眼间顺着光光的树干又飞落了下来，让人惊叹不已。

槟榔谷里有两个民族，一个是黎族，一个是苗族。我们先去黎族文化园参观。导游说主要看两点，一个是船型屋，一个是阿婆织黎锦。

青青葱葱的雨林布满山谷，黎族的甘什村里有酿酒房，制陶馆，无纺馆，中药馆。如果不看节目，是很悠闲的行走。我们去看了船型屋，山栏草与泥土墙做的房子外形像倒扣的船只，里面分几个区域，有做饭的厨间，有休息的地方，里面的各种农具也很古朴。中午吃饭的时候，遇见一个织锦的阿婆在船屋里吃饭，我和她聊天，以为她住在这里，她说她们现在都住在外边。她现在在这里织锦是在上班。我问了她的收入，她说公司一个月给两千多元，自己把织锦拿出去卖，还可以有一部分收入。我说那多好啊，身着民族服装的阿婆一脸满足，吃着简餐，后来出去洗碗去了。

我和女伴坐在远处看着，为她们生活的安适感到欣慰。和另一个年轻的织锦女聊天的时候，问她一天能织多少？她比画了一下，也就两寸多长吧。织一块锦布要用两个月之久。看来她们过的才是真正的慢生活。在这样的雨林景区织锦，对她们来说，也是最好的生活了。既是民族风情的表演者，也是自己生活的真实体现。

看了船型屋，看了织锦表演，我们在黎族园里参观文化园。园里有许多资料，走着看着，想起刚进景区时的一句广告，说这里是海南黎族讲述的故事。其实不用谁讲，这些文字图案就是最好的讲述。

　　槟榔谷里面有一场表演，我没有去看。因为在其他景区看了太多表演，我已经记不清内容。各民族有各民族的故事。热热闹闹地唱呀跳呀，似乎是一个模式。我不想在那里浪费时间，就自由地在园区里闲逛。我还是第一次这样不随主流不看演出，倒也自在清闲，看了许多别人没有涉足的地方。

　　逛了黎园，再去苗寨。向上走，有曲曲折折的台阶，苗寨仿佛隐身在更深更高的热带丛林中。

　　有许多别致的木屋，有更浓郁的树荫，有风铃走廊，有鱼池，彩色的鱼群自在游弋，游人可以喂食，有刀山火海表演，有苗族文化展览，还有各种游玩项目。可以坐丛林索道，有玻璃桥称为天眼，我只是上去感受了一下，感觉上面的雨林密密麻麻，很多项目隐藏在山谷里面，越向上越神秘。

　　站在半山腰，向远处看，山谷中的热带雨林铺天盖地，大地像涂了厚厚的绿色颜料，从东到西，从南到北，像一片绿色的海洋。槟榔树因为细细高高很有特点，一群群遍布山谷，看得很清晰。今天是个晴天，天空海一样蓝，云在远处，像为绿色的山镶上了秀美的花边。

　　没有走到山顶，我们就下了山。穿行在浓绿的山谷中，缓缓地走，慢慢地看，累了，就在绿荫里坐一会儿，听听风与雨林的细语。有时候，正沉醉，会被蚊子咬一下。这种特殊的提醒，催促着我，我们提前走出了山谷。

　　是很悠闲的一次出行。没有目的，只是想出来放松一下心情，顺便了解一下槟榔谷的风景。从山谷里出来，四十多分钟，我们就回到了三亚市区。

　　这休闲的一日，仿佛认识了一个新的朋友，我知道了黎苗人民生活的情形。对于槟榔谷这个名字，不再完全陌生。

百度资料上是这样说的，槟榔谷是中国首家民族文化型国家5A级景区。因其两边森林层峦叠嶂，中间是一条绵延数公里的槟榔谷地而得名，位于海南省保亭县甘什岭自然保护区。景区由非遗村、甘什黎村、雨林苗寨、梦想田园四大板块组成。是海南黎苗族传统三月三、七夕泼水节的主要活动举办地之一，是海南民族文化的"活化石"。

石梅湾与巴厘村

2021年的最后一天,我跟了一个旅行团来到了石梅湾和巴厘村。

早上,五点四十五分我们在白鹭公园的山水国际站点集合上车,天还未亮,到达石梅湾时才七点半。太阳还未完全出来,云层有点厚。

石梅湾位于海南万宁兴隆华侨农场南部,我在有标志的地方拍了照片,那几个字挺吸引我:海南最美海湾。其实在车上,导游给我们介绍过,说这个海湾对三亚来说,并不是最美的。最美的还是三亚的几个海湾。也许是为了宣传本地的旅游资源吧,沙滩上这几个字挺博人眼球。

石梅湾的沙滩沙质细腻,属于海泥黑沙滩。海浪很大,一层层撞击岸滩。大海一望无际,海边有青皮林。因为我来之前查了资料,知道这里的青皮林比较特殊,专门去看了看,拍了几张照片。资料说,这里的青皮林是目前世界上发现的第二个面积最大的海滩青皮林,为省级自然保护区。石梅湾三个字也有来历,石梅湾中的"石"字源自"乌石姆",海南话把"黑"叫作"乌",石头叫作"石姆",意思是黑色的石头。这些石头散落在石梅湾东侧海域,青皮又名青梅,石梅湾由此而得名。

石梅湾被世界旅游组织专家誉为海南现存未被开发的最美丽的海湾。这里的青皮林带狭长蜿蜒,沿着海滩有几公里长,呵护着两弯新月形的海滩。由于时间尚早,海滩上的人并不多,一些人在沙滩上拍照。我们也在海滩上散步,呼吸新鲜空气,看海浪一浪一浪拍打岸滩。我感觉空气清新,非常舒服。

下午，我们去巴厘村，巴厘村位于海南万宁兴隆镇。这里以归国华侨文化为背景，是一个华侨农场。中华人民共和国成立初期，南洋华侨在外被杀被辱，我们的国家出面去解救。华侨归来以后，安置在这里。华侨归国，带来了三件见面礼：金椰、咖啡和胡椒。现在已经成为兴隆的经济支柱。

巴厘村的建筑极具印尼风格，园里热带植物茂盛。我们见到了金椰胡椒可可，参观了文化园。并且在品尝咖啡之后买了一些咖啡。还看到了许多以前未曾见过的热带植物，如菠萝蜜、狗尾红，还有叫出名字的叫不出名字的许多植物，感觉非常有意思。

这是一次非常休闲的出行。我在这里又了解了一些海岛上的风光和热带植物，遇见了一些有意思的人，聊天的时候如朋友一样，分散在三亚市里又形如路人。

也许人生就是这样，会遇到许多人，一段路同行，一段路分开，不必明白彼此叫什么名字，来自哪里。只是偶然相遇，只是同去了一些地方，彼此有了简单的交集。如此而已。

心中有目标，再远的路也能到达

这一段时间，我有一个小小的心愿，就是穿着旗袍去白鹭公园对面的大树酒店里面拍一个视频发在抖音上。然而总有一些事情，让我忘记这个小小的心愿。

2022年的第一天，下午没事，想去图书馆看一会儿书。我悠悠地穿过白鹭公园，来到了三亚市图书馆，工作人员却告诉我，节假日他们提前下班。现在他们已经下班了，要关门回去。

我走出图书馆，忽然想到了我心中曾有过的那个小小心愿，只是自己没有穿旗袍。那又何妨呢？我其实是相中了酒店大厅的西斯庭艺术长廊那豪华的装修风格，想把它们作为一个抖音的背景而已。那么走吧，我在心里告诉自己。

不急。退休了，我有的是时间。我悠悠地来到了白鹭公园对面的大树酒店。恰好遇见一个比我年长的姐姐也想进去看看，我们便结伴走了进去。

果然豪华至极。同伴姐姐告诉我，多年前这里有十来个保安把守，一般人根本进不去，很森严的。现在因为疫情以及其他种种原因，只有一个保安在外面的桌子边坐着，不拒来人。大厅里有一些人或者坐在沙发上或者在大厅里拍照，一个豪华的圣诞树灯光闪亮。大厅周围装饰可以说富丽堂皇，欧式风格，圆顶上有西方艺术画幅。同行的姐姐说她去过巴黎和意大利，那边的建筑就是这样的形式。我虽然没有去过，但对西方油画风格多少有一些了解，也能感受些许。

没有人限制游人的出入，我们便结伴走到了大厅的尽头，想上二楼去看看，发现大门有暗锁，限制游人通行。

　　我们一边聊天，一边开始拍照，我发现以大厅当背景画面非常豪华，便与姐姐两人互相拍了一些照片和视频作为美好生活的回忆。其实，人不一定非得拥有才是自己的，拍了照片感受过才是属于自己的回忆。不知道别人怎么想，我感觉自己很富有。不是有一句话叫作：不出门，家就是你的世界，走出去，世界就是你的家。我挺欣赏这句话，也甚是认同这个观念。

　　看了姐姐给我拍的照片，虽然今天没有穿旗袍，但感觉更好。因为大厅灯光有点朦胧，玫红色的长裙恰好显得醒目，效果不错。走出大树酒店的时候，我感觉自己在新年的第一天完成了一个小小的心愿，心里特别满足，有一种豁然开朗的美好。

　　在大树酒店外面，我扫了一辆单车，飞奔在凤凰路上，就像给自己插上了翅膀，浑身轻松，像要飞起来一样。

　　心里面那种想探险的念头又冒出来，我没有从小路回到白鹭公园里面去，而是沿着凤凰路一路向前，走了很远。然后上了潮见桥，过了游艇中心，来到了临春河路上。沿河向前骑行，一种畅快无比的感觉涌上心头。其实，我可以在凤凰路上锁了车进入公园，沿小路回去。那是最近的路程。现在呢，我等于说绕了大半圈，即使骑车也觉得非常远，我也有过一丝后悔，想，刚才从公园回去多好。虽然这样想，但是腿脚不停，蹬着自行车一路向前。凤凰路很长，临春河路也不短，但我终于还是到达了白鹭公园门口。人们载歌载舞，歌声悠扬，热闹异常。

　　锁车的时候，我的心中有个声音告诉我，看，只要有目标，再远的路也会到达。人生的事情，不也是这样吗？就怕人生没有目标，永远不知道方向，也永远不会实现自己的理想。

打卡博后村和亚龙湾

早上七点半,我们在教会的门口集合,然后步行至临春河路上的大巴车,我与教会的兄弟姊妹一起去博后村和亚龙湾游玩。

三亚是一座旅游城市,到处都是风景。在市里待久了,想到周边去看看,这也是很不错的选择。

我们先去博后村。关于博后村,我心中没有一点概念,以为只是一个小小的村子。没有想到,一下车就被这里的风景给迷住了。

我们先来到荷塘公园。公园里有一个小湖,周围木栈道曲折环绕,三角梅、美人蕉,还有不知名的一些花,开得格外艳丽。椰子树在湖那边高高低低点缀着。椰子树旁是一个又一个有特色的民宿。到处是绿色,是花朵,是热带雨林的那种繁茂,给人一种清新脱俗的美感。

我们在荷塘公园的凉亭下唱歌颂赞做游戏,也在公园里自由地散步拍照,感受这里的诗情画意。对面是哎岬湖,黎族话是爱情湖。周围也有各种花草树木,有卖小吃的。对面还有文创店。后来我又了解了一下,原来这里是亚龙湾附近的一个网红村,有许多家民宿。2020年底被评为第一届全国文明村镇,属于三亚市吉阳区,离亚龙湾只有1.5公里的路程,是农业部公布的"2020年中国美丽休闲乡村"之一。

这里环境优雅,特别安静休闲,像一个景区。在这里住上几天,应该是很不错的享受。我被这个村子的环境给震惊到了,传统的村子印象与这个村子格格不入,博后村很时尚。离开的时候,在大巴车上,我看到村子里许多楼房极具情调,感觉被称为网红村,名副其实。一栋一栋的小楼，一栋一栋的民宿，看起来很有特色，我非常喜欢。

博后村离亚龙湾很近，没有多久我们就来到了亚龙湾。虽然看了许多地方的海和沙滩，但依然如初见。我脱了鞋子，赤足走在沙滩上，午后的沙滩热乎乎的，很舒服，我走到海边去欣赏拍照。亚龙湾的沙滩很干净，是白沙滩，海水也清澈，三面环山，海浪挺大，我专门穿了旗袍，想把自己穿旗袍和大海合照的心愿变成现实。同行的姐姐为我拍了照片和视频，我看着自己那美美的样子，感觉很满足。

三亚有名的海滩中，我已经去了三亚湾和大东海。这次来到了亚龙湾，感受了这里的环境，感觉这一天过得非常快乐。是很休闲的一天，也是很难忘的一天。

国际玫瑰谷暨家渔排和猴岛

以前在老家的时候，在视频里看到三亚的风景，感觉很遥远。这个冬天，我来到三亚旅居，一切风景仿佛都在身边，说来就来到了眼前。看来要想了解那些我们想要的东西，还是走近了更容易变成现实。

对于玫瑰谷的向往，是因为那一年我的一个朋友在朋友圈里发过图，我看到那个标志性的雕塑，非常喜欢。还有一个原因，我以为玫瑰何其美好，而称为玫瑰谷的地方，一定不会太差。怀着这样的想法我来到了玫瑰谷，然而一切却全然不是想象中的样子。

明年春天有个大型的文化活动，为了那个活动，玫瑰谷中午对外开放，下午修整园子。也因为这个活动，玫瑰园里的大部分玫瑰被挖掉了，土地正在修整。也就是说很多地方都没有玫瑰花。要重新种植新的玫瑰，才能保证明年那个大型的文化活动期间鲜花怒放。

导游说，虽然是这样的情况，也不会让你们失望。在玫瑰园最里面的山脚下，还有大片的玫瑰花给游客们欣赏。我们坐着电瓶车来到了小山脚下，才看到了导游所说的那一园一园的玫瑰。不是花开最旺的季节，一些花被采摘过，所以我们看到的玫瑰园，便可想而知了。

白玫瑰花园里，花儿比较多些，一朵一朵的花，挺漂亮，也有的粉嘟嘟的，挺好看。红玫瑰园里的花，少了一些，但是一园一园的，放眼望去，也还行。也有玫紫色的花，开得挺精神。虽然说玫瑰园里的花没有想象中那么多，但总算看到了，安抚了我们心中的失落。

资料说，玫瑰花是温带植物，在热带种植也不容易。习总书记和很多领导人来玫瑰谷参观过，这里被称作国际玫瑰园。玫瑰花给当地老百姓带来许多经济收入，有玫瑰花制作的化妆品，有玫瑰花馅饼，园内的文创园生意很兴隆。

我们来的时候不对，若是满园全是玫瑰，那一定是非常漂亮的。我偷偷问导游，怎么觉得田里的花像是月季呢？导游说，玫瑰月季本一家，不知道这是不是导游在骗人呢？

"小康不小康，主要看老乡。"这是习总书记参观玫瑰园的时候说的话，被刻在园子里的大石头上，许多人在那句话前拍照留念。玫瑰园里有孔雀，有吊篮，可以坐在摇篮里和孔雀合影，那地方游人挤挤挨挨，热热闹闹。我也拍了一张留作纪念。一朵花已经让人心动，满山谷都是花，若正在盛开，那一定让人迈不动脚步。我期待着有机会再来欣赏。

从玫瑰园出来，我们去猴岛的方向。沿途欣赏风景，至猴岛已是中午。来到疍家渔港，眼前一亮，海水碧绿，疍家渔排就在海面上，而远处即是猴岛，有索道通向山顶。

我们先去参观疍家渔排。

排队坐上疍家港湾游船，有美女导游沿途讲解。游船沿着疍家渔排向前，美女讲解疍家人的生活。渔排虽在海上，但非常稳定，并不随海水飘摇。低矮的小房子，一个个点缀在渔排中间，渔排由一个一个养鱼池组成，当地人俗称渔排。是一种原始的养鱼方式。渔排的外围有灯船，有快艇，能应对各种生活，比如夜间的照明、物资的运送等等，是真正的疍家风格，在别处从未见过。

沿着渔港向前行驶了一段距离，然后我们折返，沿着另一侧参观。正值中午，天蓝云白，海水碧绿，岸上房屋植物像世外桃源般美好。水上疍家像原始部落一样奇特。据说若干年后这些渔排将会消失，因为疍家人已在岸上有了房子。他们将告别往日海上风雨飘摇的岁月，进入陆地过安稳的日子。

在游船上参观完毕，我们来到了疍家渔排上，一边参观一边准备去吃中饭。套餐三十八元里面有一碗蟹粥、一盘大虾、一些海蛎子。因为我这一段时间有点过敏，没有品尝。导游说，粥很好喝，许多人都来了一份儿，疍家人的生意看起来非常红火。

饭后大家去喂鱼，有的石斑鱼很大，把小鱼苗扔下去，它们甩着尾巴就吞进了嘴里。还有一些奇怪的海洋生物放在水盆里供人参观，比如海胆浑身长刺，比如气鱼飞机鱼都挺有意思。

去猴岛的时候，从空中俯瞰疍家渔排，只见碧蓝的大海上，一片渔排连在一起，小房子星星点点分布在渔排中间，很有画面感，让人很震撼，是一种非常独特的体验。

上猴岛，我们坐的是空中索道，用了十几分钟的时间，是那种敞开式的吊篮，风呼呼刮着吊篮，吊篮刷刷向前飞着。下面一侧是大海，是疍家渔排，另一侧也是大海，吊篮下面是绿色的雨林，感觉很震撼很漂亮。尤其是在空中俯瞰疍家渔排在大海上排出来的那种别具一格的气势，令人难以忘怀。

上了猴岛，立刻就看到了猴子，金黄的毛发，红色的屁股，上蹿下跳，极其敏捷。路上树上到处都有小猴子的身影，这是我见过猴子最多的一个景区。

有一场猴子表演，我们赶上了。只见一个老者手牵五只猴子，给猴子上课，让猴子敬礼戴帽子。猴子特顽皮，有一只猴子就是不戴帽子，还捣乱，把耍猴人的帽子抢去，抛来抛去，逗得看客哄堂大笑。其他猴子也跟着捣乱，一时间表演精彩纷呈，有时候一些动作也让人提心吊胆。表演结束，导游带我们在猴岛上走了一圈。其实开发出来的只是一小部分，猴岛上大部分地区都是原始雨林。为了保护生态，游览区域并不大，很快我们就走完了。倒是那些可爱的小猴子，像游客一样随处可见，叫人感觉稀奇。

猴子野性十足，大家正在林子里走着，一个小孩子的书包被猴子上来抢夺，大家一齐哄赶，才没有被抢走。

喂猴子的地方，有别致的小屋子。游客需进入小屋子里，在里面喂外面的猴子。小猴子趴在屋子外面吃东西，感觉非常有趣。

猴岛上有猴子，有各种雨林大树，咖啡树的叶子被猴子采得七零八落。我们在休息区品尝了猴岛上的特产，喝了椰奶咖啡和海盐咖啡，许多人带回了不少。

回去的时候，依然坐索道，再次从空中俯瞰大海，欣赏疍家渔排，感觉这一日真是开了眼界，很有收获。

猴岛位于海南陵水南边的南湾半岛，三面环海。岛上的猴子是我国也是世界上唯一的岛屿型猕猴。这个自然保护区猴子有两千多只，因此称为猴岛，属于亚热带猕猴。

那些人那些温暖

早上起床后,我去白鹭公园走了一圈。

没有想到的是,遇见了在老家和我同住一个小区还同村的老乡,他叫富有。也许是名字起得太好了,这个瘦瘦的同村老乡,没有工作,但儿子做汽车轮胎生意,不但在老家城里买了别墅,今天见面还说他儿子在三亚市区给他们买了房子,是儿媳妇把他们送来过冬的。富有的腿有点毛病,走路有点跛。可就是这样一个人,现在正过着许多人向往的生活。现在,此刻,在三亚,在离我们老家这么远的地方,我们竟然见面了。我从公园的南边进来,他从公园的北边过来,我们走了个对面。我疑心自己的眼睛看错了人,怎么这个人这么像在老家同一个小区住着的富有呢?那一刻,我甚至有点恍惚,感觉我自己像在老家。我和富有同住一个小区,经常在小区里这样走个迎面,然后打个招呼。此情此景,真让我有点怀疑人生。怎么我到三亚来,也会遇见这个老乡呢?我仔细辨认,确实是富有。便试着向他打了招呼。他怎么也没有想到,会在这里遇上我,同样惊讶万分。

我们聊天,互相询问彼此是怎么来的三亚。不一会儿,富有家的嫂子也赶来了。原来他们俩是去公园的一角聚会,他们信耶稣,我的母亲在世时也信耶稣,与富有很熟识,在村子里聚会都是在富有的家里。现在母亲去世已经好几年了,她在世时非常希望我信耶稣,可我就是非常叛逆。母亲怎么也不会想到,她去世后我不但非常相信,今年到三亚来过冬,第一天找房子的时候就找到了教会,而且每周三、周五、周日都去听道，又遇见了许多姊妹，我们相处得非常好，平时还常常结伴去旅行。教会就像我的家一样给我安慰。

真心感谢母亲的信仰，让我得到许多安慰。让我身在异地，也像有家一样温暖。

那一天，教会的兄弟姊妹去亚龙湾唱歌赞美，我也报了名。在那里大家唱歌游戏，我还认识了一个好心的姐姐，陪我一起去找卫生间，后来一起拍照，再后来和我旅行，给我介绍旅行伙伴，让我感到像在老家一样温暖踏实。

母亲在天上若是知道，不知道会多么欣慰！我有了母亲的信仰之后，处处都会遇到温暖有爱的人。那天去吃饭，刚走进去就遇见了一个和我加了微信的姊妹，她和讲道的牧师还有弹钢琴的姐姐在一起，热情邀请我和他们坐在一起。我们一边吃饭一边聊天，我了解了许多教会的事情，感觉和家人聚会一样温暖。

真的非常感谢母亲给我的信仰。这个冬天，我在三亚遇见了太多的惊喜，太多有爱的人，常常说不出的奇妙，常常感觉内心里有说不完的幸福。

三亚本是一个对我来说遥远又陌生的城市，现在却像很多年前，就已经很熟悉了一般。

我喜欢这里的环境气候，现在，还有这些心中有爱的人。

我来三亚已经四十多天了。来时心里曾经有许多顾虑，现在那些顾虑早已化作了云烟，不知飘到何处去了。这些天，我过得很充实很愉快。若有不快，那也是过去的旧生活造成的一点影响，当然还有这里的蚊子小蚂蚁带来的一些烦恼。若是忽略这些小小的烦恼，总体来说，我非常喜欢这座城市，仿佛很多年前它就是我的老伙伴。我喜欢这里有爱的人们，他们给了我太多的惊喜和温暖。

在公园里遇见富有夫妇，让我觉得世界真是奇妙至极。富有和嫂子去聚会了，我从公园的另一边回家去，心里想，这种相遇多么像上天赐给我们的福气。每天遇见有爱的人，心里都是幸福的感觉。

　　我感谢三亚这座城市，让我看见了另一种不同的生活。一切美好皆有可能，我真庆幸这个冬天我来了三亚，在三亚有了这么多美好的遇见。那些有爱的人，那些温暖的事，都给了我心灵美好的抚慰。

慢慢地走，慢慢地看

　　我从老家带来三亚的一个笔记本已经写完了。从2021年11月24日来三亚，到如今已经45天了。刚来的兴奋已经过去，我又出去旅游了一些时日。每天急匆匆地行走观景写笔记，身体和灵魂都感到累了，所以就放慢了脚步，让自己安静下来。尤其是昨天，我哪里也不想去了。中午去一个干净的小店吃了一份陕西肉夹馍，喝了一碗八宝粥，馍很好吃，里面的肉香香的，外面的馍酥酥的，咬一口掉渣渣，感觉很过瘾。吃了饭，我在小店里闲坐了一会儿，然后没有直接回家，沿着商品街慢慢走向了三亚的河东路。

　　我喜欢那里的浓荫，一棵棵大树，把亭亭的华盖铺在空中，形成一条浓绿的林荫大道。我最喜欢在这样的路上漫步，心很安静很悠闲。走着走着我就来到了三亚河边的木栈道上。正午的阳光照在三亚河上，照在三亚河边的红树林上，有白鹭在河中央的小岛上飞翔。而三亚河边，有人在带着孩子看河里的游鱼，我也凑上去欣赏。

　　果然好玩。一群海里的鱼被海潮回涌，带进了三亚河里，现在潮水退去，它们留在了河里，在红树林下面自由来往，很悠闲。那鱼不是一般的小鱼，有一大拃长，身体透明，一群群在阳光照亮了的河水里，往来自如。

　　而红树林绿叶浓密，像堆成一垛一垛绿色的云朵，画一样葱茏着我的双眼。午后，河边的人不多，我就那么看啊看，看小鱼在这海河交汇的地方游啊游，看白鹭在河面上飞啊飞，看红树林葱绿地在阳光下静静地长啊长。也不知道看了多久，才回到河东路上。在大树下，我慢慢地走，走啊走。不急了，我的速度很慢，累了就坐在大树的荫凉里休息一会儿。

后来竟然走到了港门村社区的路口。

回我的住处去，也不急，都是熟路了。想起刚开始探索这里的心情，觉得好像是很久以前的事情了。仿佛这里已经成为我的地盘，我不再有陌生感。我走过一道又一道巷子，回到了自己的住处，仿佛很多年前我已经很熟悉这里的一切。

躺在床上休息，想起老家的一切，仿佛已经变成了前尘往事。

傍晚，我早早地来到了白鹭公园，坐在湖边看风景。天色尚早，我望着对面的大树酒店像树叶一样插在椰子树和红树林之间，湖面平静，白鹭在红树林下面觅食，一切都那么和谐。

渐渐地，有人吹起了萨克斯，曲调悠扬。我舞动双手在空中摇摆，椰子树就在身边，就在对面，就在周围的角角落落。不急了，不急着去看这座城市的风景，不急着去探寻这座城市的秘密，我想安静下来，慢慢回味一下日子的悠闲。

天上晚霞绯红，身边小风吹起，夜色渐浓，灯光在各处亮起来。此时此刻，我最想给自己说的一句话，仍然是：不急了，慢下来，安安静静过一过日子。

身边游人来来往往，我自安闲自在，且把一切放下，过一过从容的日子。

目标海花岛

有朋友叫我一起去海花岛，我欣然应下。因为年前我也有去海花岛的打算。

若干年前，我在老家看电视，海花岛的广告出现在电视屏幕上，那从空中俯瞰的海花岛全景，叫我怦然心动。那是多么叫人眼前一亮的一个海上建筑群啊！硕大的花瓣在海中展开，浪花一样的岛屿更叫人不敢想象是如何填造出来的。蓝色海洋包裹着那么美的岛屿，仿佛与我隔着千山万水遥不可及。

然而，今年冬天我来到了海南，一切便仿佛就在眼前。大量的广告宣传让人心动。很快我就在心中定下了日程，过年之前一定要去一次海花岛，感受一下那多年前不敢想的海中花瓣一样的小岛风景。

就这样，我和新认识的朋友一起坐上了去海花岛的旅游大巴。听说岛上的欧堡酒店不错，我们报了两日游，准备在欧堡酒店住上一晚。

因为有了时间，我们随的是购物团，想顺便了解一下沿途的海南特产。谁知道这样的两天行程下来，时间安排得太紧，购物店太多，精神非常疲劳。我决定以后再出去旅行，尽量不跟购物团。

我们是第一天晚上七点多到达海花岛的。上了岛，在欧堡酒店门前下车，排队办理入住手续。因为团队太多，一队又一队的旅客排了很长的队伍。好在酒店管理有序，分批进行，有人指导，很快我们就办好了所有的手续。

我们住在海洋城堡十八层楼七十三房。欧堡酒店由四个城堡组成。

在外面看起来是紧凑的欧式半环形建筑，里面富丽堂皇。穿过大厅，沿着走廊去乘电梯，确实给人一种很豪华的感觉。下了电梯，沿着走廊去寻找自己的房间。走廊风格典雅温馨，是我喜欢的样式。感觉像穿越时空一样，安静又舒服。及至开了房间的门进去，发现空间并不大。里面有两张大床，电视机自动开放，其他设施感觉像以前住过的酒店一样，甚至没有其他地方住过的酒店宽敞。好在我并不太在意这些。

　　放了背包，简单收拾，我们便下楼去，怕赶不上海花岛的灯光秀。我们在欧堡酒店附近找了去二号岛的公交车，上去，不一会儿就来到了二号岛。朋友想先去吃饭，我们在商业街里找吃的。灯光秀已经开始表演了，我一边看灯光秀一边找吃的，没有找到喜欢的食物。我决定先拍一些照片。从商业街这个角度拍，只是拍到灯光秀的一部分。在等朋友吃东西的时候，灯光秀结束了，有点小小的遗憾。

　　沿着海花路向前，我们来到了观光塔前面的娱乐中心广场，拍了一些照片。有路人说九点还有一场灯光秀，我们便静下心来等待。

　　等待的同时，我们欣赏着周围的环境。灯串闪烁的椰子树，灯光时明时灭的椭圆形娱乐中心剧场，不断变换颜色，像一个彩色的鲍鱼一样别致。夜色朦胧，海风习习，游人悠然踱步，聊着什么，或者拍些照片。在我们奔波了一天之后，岛上的一切显得非常温馨。

　　九点多灯光秀再次亮起。希尔顿双塔与海花岛观光塔灯光闪烁变幻，时而一片蓝色，时而一片红色，时而红黄蓝相间变幻，或者一下子流淌出一些花瓣一样的图案，瀑布一样唯美浪漫，明明灭灭，让人惊叹，也让人拿着手机，不忍停下手中的拍摄工作。人在遇见美的事物时，心中是涌动着无声的感动的。古人有大美无言的感慨，其实感动像层层浪花在心中翻滚，表现出来却是每个人都在安静地拍照，想把那种美好全部记录下来，以待日后安慰平凡岁月或者分享给身边的好友，让他们也感受到这一种辉煌的美好。

一次又一次，我们拿着手机变换角度变换拍摄方式，感觉手都累了，许多人仍在拍摄。是的，有谁愿意错过美好的风景呢？美是一种共情，大家都在美中沉醉，然后一起跌进了一个美好的灯光的海洋里，静静游弋，不愿上岸。

　　不管怎么不舍，灯光秀还是结束了。我们还有许多地方没有去到，而时间已经不早了，我们决定坐一次小火车，绕着海花岛欣赏一圈。去买了票，坐上了小火车，感觉非常惬意。夜渐渐深了，风很大，我穿上了薄羽绒衣，兴致勃勃享受着海风的吹拂。

　　有点遗憾的是，周围的许多灯息了光彩。但借着周围零零星星的光影，我们也看了一些建筑，教堂、风情街、体育中心等都看到了，只是有点简单粗略而已。要是时间早一点，多欣赏一会儿，多坐几次小火车，感觉会有多棒呢？买票的时候，小伙子说小火车可以上下三次，我们只坐了一次，就在欧堡酒店附近下了车。欧堡酒店门前，依然灯火辉煌，大厅里依然富丽堂皇，楼梯间依然非常豪华，走廊里依然美好安静。我们打开房间，洗头发，冲澡，睡得很晚。但一觉到天亮。

　　导游说六点十五分下楼排队吃早餐。我们洗漱整理好物品，带上早餐券，去一楼排队。自助餐品种不少，但并没有想象中的好。肉类不多，口味也比较平淡，与欧堡酒店的名气有点差距。不管怎样，吃饱就好，总的来说，这里的环境还是很不错的。

　　七点十五分，我们集中上车。上车前，我抓紧时间拍了一些视频和照片。因为天未大亮，空中灰色云层很厚，没有拍到海花岛最美的天空。离开的时候有点不舍，觉得来得仓促，玩得不够，这么美的海花岛体验应该再多一些。

　　我在网上查了资料，海花岛是人工造岛，分三个小岛。一号岛的设计是以三角梅的花瓣为设计图案，二号岛三号岛，是以浪花形状设计，包围着一号岛。全岛面积7.8平方公里。岛上有国际会议中心，有博物馆，体育中心，商业街，风情街。建筑别致新奇，是世界第二大人工海岛。有欧堡酒店，希尔顿酒店，有别墅区，也有许多栋高楼。它的繁华未来可期。2020年元月开始试营业，是许多人心中的美好殿堂。虽然疫情有影响，但许多人还是来此打卡，把海花岛当作来海南的一个必去景点。

虽然此行的目标是中国海南海花岛，但是一路上我们也看了许多风景。人们常说风景在路上，真是这样。我们此次出行，从三亚市区出发，经海棠湾，然后走中线高速，过五指山琼中到儋州，然后向北到达临高。过五指山时，窗外雾气蒙蒙，山峰仿佛隐藏在仙境当中。一路椰子树、槟榔树、榕树都像列队欢迎我们的卫士一样。一路风景，山山相连，到处是绿色绵延，画幅一般。

一直想探寻海南岛中北部风光，此次出行，一路北上，穿越五指山，来到海花岛，还参观了千年盐田，欣赏了盐田风光，了解了古代制盐文化。对海岛的美景与风情有了更多的了解。虽然疲累，但是也有许多收获。在车上，我又认识了一些新朋友，了解了不同行业的人来三亚的不同心境。比如我身边坐着的姐姐，来自长春，是一汽大众退下的技术人员，六十九岁了，一点都不像，平时在三亚湾唱歌走秀，气质高雅。我们一路上聊天，很开心。下车时，与我同住在一个城中村的，还有两对老夫妻，我们一边往回走一边聊天。每次出行，总会认识新的朋友，就像在家乡一样。我们天南地北相聚，大家彼此包容关心，各自分享自己的感悟，交流人生的体会，从不觉得孤单。我感觉人生本该如此，彼此相伴，彼此温暖，彼此成就，彼此祝福。看美好风景的同时，我又了解了一些美好的人，这也是一种收获，拓宽了我的视野，让我感觉生活有了更多的乐趣。

新书来贺

2022年1月10日和11日，我去海花岛游玩用了两天的时间，很累。2022年1月12日，我在家休息，老家的物流打来电话，说我的新书到了，让我们取走。我给老公打电话，他本来准备从单位回家，下班前打电话说临时有事回去会晚点，只有等明天了。

2022年1月13日晚上，老公去物流取了我的新书，回家拍了图片发给我。因为疫情，他好久没有理发了，拍过图就去理发了。回家已经很晚，在我的指挥下，他还是把新书按我的要求拍了一些图片发给我，将近十一点才收工。

看着我终于出版，来到我家的两本新书，我的内心既平静又微微震动。平静的是，历经近两年的时间，已经磨平了我心中所有的激动，震动的是，毕竟我的梦想变成了现实。

我的两本新书，2022年元旦由北京日报出版社出版。这是梦想成真，岁月对我的最好祝贺。

新书出版第二天，也就是2022年1月14日，早上起床，我找出整理书稿时就写好的那篇文字，简单修改，在今日头条上用手机进行了编辑，加上新书图片发了出来，同时给市里的文联老师进行了汇报。本来我想在市里的平台上发布，文联主席说这个书讯就很好。他帮我转到了市文联群里，我也在县里的作协群进行了分享。一时间，市里的文联群有多人祝贺，县里的作协群也纷纷点赞。我在朋友圈也进行了分享，点赞的祝贺的如花瓣在空中翻飞。我的心是喜悦的。毕竟这么多年的心血有了结果，而且是北京日报出版社出版的。

　　学校群里，同事也进行了分享。大家纷纷点赞祝贺。一天里，我什么也没有做，一直在回复众人的祝福。下午，我在抖音上制作了一个视频，发出去，推荐量很高。说要新书的朋友亲戚也不少。抖音给了很多流量，比平时要多出一半还多。今日头条也在推送。看来，真正有价值的东西，抖音是能识别且支持的，我心里非常喜悦。

　　新书，2020年5月交稿，历经2020年、2021年两个特殊的年份，在编辑老师的大力支持下，终于面世。这是对我以往写作生活的肯定。我终于把想做的事做成了。所有的努力都有了结果，我的心里像放下了许多东西，变得异常轻松。

　　我给自己放了假。

　　下午，我扫了一辆单车，沿着临春河骑行，去大东海景区旁边的南国特产店买了些特产，寄给一个在我退休时曾经帮助我的朋友。回来的路上，心里极其愉悦。

　　晚上我在白鹭公园走了一会儿，晚风微凉，音乐四起，我陶醉地走起了舞步。

　　我写的两本书已经出版，这两年来一直牵挂的心事已经尘埃落定。往年的努力，给了岁月奖励。新的一年，一切重新开始。好好生活，做喜欢的事，过喜欢的生活，以字为友以爱暖人生，把家庭生活也要过成幸福的样式，把自己的生活也要过成温暖美好的样子。

　　中午我决定做饺子。

　　好几天，我没有自己做饭了。收到新书那天，我去商品街的一个小饭店吃饭，要了一个陕西肉夹馍，一碗八宝粥，一小碟土豆丝算作庆贺。因为那天早饭吃得晚，中午便简单吃了。

　　好吃还是饺子。今天特别想吃自己做的饭。下楼去买了新鲜大虾，让卖虾的女人帮我收拾好。我不敢收拾大虾，那家伙身体滑溜溜的，我不喜欢那种黏腻的感觉。然后买了两棵芹菜，四朵香菇。

回家来，我开始洗虾洗菜，然后一样一样剁碎，拌在一起，放入调料。把面粉揉成面团。虽然一样一样有些烦琐，但一想到饺子的美味，便忘记了一切。因为厨房小，面板小，不如在老家顺手，所以有点勉强。但一样不少，擀面皮，包饺子，放在电压力锅里煮，也做成了。

看着那透亮的饺子，我甚至有了感悟，越是艰苦的环境，人的生存意识越强，总会想出办法。只要有目标，这种方法不行，那样子行，没有合适的煮饺子的锅，用电压力锅，我也煮成功了。之前我从未想过蒸米饭的电压力锅还能煮饺子，我急中生智，不但做成了，还很省力。吃着香喷喷的饺子时，我的心里非常快乐。不但有饺子美美的味道，还有克服困难的那种精神的愉悦。

仿佛又打开了一扇心灵的窗户，我对生活有了新的感悟，也少了往日的担心与惧怕。生活是过出来的，不是担心出来的。这会让人有无穷的力量，我再一次感谢这种经历。

因为有虾，有芹菜，有香菇，饺子馅格外鲜，我发自真心喜欢。

来三亚已经一个多月了。因为活动很多，我感觉自己瘦了，所以好好吃饭把自己养成原来的样子很重要。

今天做的饺子，当作对新书出版的祝贺。手工的，才是最贵的。因为包含了自己一样一样的付出，味道也是自己喜欢的。

视觉疲劳之后

来三亚已经五十多天了。刚来的新鲜感已经渐渐褪去,那种看什么都好的眼光,竟然像一层五颜六色的光彩一样褪去了。一切变得平淡真实。椰子树红树林远山近处的河流,尽管仍然很美,但天天相对,少了许多新鲜感。

最近三天,我在家里待的时间久了些。就像那句话说的,你不出去,家就是你的世界,你若出去,世界就是你的家。

下午,我特别想放下手机,就出去扫了一辆单车。想去坐一坐三亚的有轨电车。说走就走,我骑着单车在椰子树下沿着临春河路前行到达新风街,然后一路向着三亚湾的方向骑行。

十几分钟之后,我到达了有轨电车新风街站。没有多久,有轨电车悠悠然来了。我上去扫码,找了个位置坐下。大玻璃窗外的一切看得一清二楚。蓝天白云,绿色的树白色的楼,美丽的城市街景一一从眼前过去。我特别喜欢在路上的感觉,喜欢安安静静欣赏窗外的风景。一路上遇见许多街口,经过许多站点,还看见了红树林国际会议中心,最后到达三亚火车站。

我下去拍了两张照片,再次上车,返回。这次,我想坐到另一个终点。我在地图上发现,最后一个站点离我住的地方并不太远。我一路欣赏沿途风景,蓝天绿树,高楼白云,美丽的城市。风景在眼前一一过去,最后我们来到了建港站。

下车,去扫了单车,我发现离857港口不远。骑车过去探看,果然是上次来过的857老码头。我骑车进去，看到了凤凰岛的高楼，看到了港口里的游艇直升机，还有对面鹿回头公园的小山。

夕阳红彤彤地照在海面上，水波涌动，极其秀美。海那边有许多游船来往穿梭，也有大游艇鹿回头号驶进港湾，一派海上风光，让人心动。

我拍了照片和视频，看看夕阳落下，天色不早，骑车回去。没有想到走的是河西路，我在情人桥附近锁了车，走上了情人桥，悠悠地回去。一路上我欣赏着情人桥两边的风景，感受着三亚河上的夜色，很快就回到了商品街。

溜达一圈回来，那种感觉平平的视觉疲劳已经褪去。一股热情又在心中升起。只要走出去，就会有风景。下午，我又完成了一个小小的心愿，乘坐有轨电车沿街欣赏三亚的风景已经达成。我感觉很有意思。我喜欢生活充满新意充满激情，稍微做一些改变，生活的感觉便又变得趣味横生。

视觉疲劳只是提醒自己，是该让生活有些小小的改变了，不能一直重复过日子。再好的风景，如果不常常更新，也会变得平淡。

生活中的许多事情，是不是也会有这样的感觉呢？如果有，那么要学会让生活有点新意。也许稍微变通一下，便有了不一样的意义。

在这里一切皆有可能

早上去白鹭公园散步。走到小桥附近的时候,发现一棵树上有许多小果子,大部分果子是橘红色的,也有一些熟透了的是深红色的,如小孩子们手中玩的弹珠,光洁圆滑。我很好奇,这会是什么树呢?

我走到树下,捡了一个落下来的果子,看看也不知道是什么。掏出手机,我用"花伴侣"App去识别,显示出来的是高山榕。原来榕树也会结果子,小果子还挺漂亮。刚看到的时候我还以为是枇杷。这种果子长在绿叶间,非常多。走近了,才发现不是枇杷。感觉很有趣味,仿佛又认识了一个新朋友,我的心里涌起许多欢喜。

早饭后,去三亚河东路溜达,在商品街遇见一个女人,向我打听水果街在哪里?我熟练地指给她。她高兴地说了声谢谢,向前去了。我为自己的行为感到惊讶。

是的,没有想到,我已经能给别人指路了。初来这座城市的陌生懵懂没有了,我为自己竟然如此熟练地为他人指路这个行为感到惊讶。原来我已经成为这座城市的半个主人。是的,如此娴熟的动作,不比当地人差多少。

昨天下午,我去坐有轨电车,回来的时候没有一点初到这座城市的忐忑。我已经对这座城市的许多道路熟谙在心,我知道我的住处在哪个方向,我沉着稳定,扫了一辆单车,随意向前,走到三亚河附近,从哪个方向都能回到商品街一巷。我为自己对这座城市的熟悉感到惊讶,甚至佩服,以前我常常自卑,其实是见世界太少。虽然现在还有自卑,但不再害怕。

人生需要历练，走出去见世界，世界反馈给我们的东西，会让我们自己感到不可思议。

问路的人喜悦地向前去了，我也走向三亚河东路。我悠悠地走，慢慢地看，街上人来人往，我的心却非常安静。

三亚河边，红树林浓密，木栈道上有新疆人在眉目传情地跳着民族舞蹈。我喜欢看他们那种热爱生活的劲头。欣赏了一会儿，我向前去，有一个小乐队引起了我的注意。他们弹的是古乐，在琵琶和二胡的演奏中扬扬自得，那节奏很美。我驻足欣赏，且不由得跟着他们的节奏，舞动身体，感觉惬意。

河东路两边的大树遮天蔽日，与河边的红树林包裹了城市的一隅。在这样的天地里，我感到了一种从未有过的轻松与欢愉。

我已经俨然是这个城市的一员了。我喜欢这里各种各样的植物。就像早上在公园里见到高山榕的果子一样，我常常遇见新奇的植物。它们是热带气候里的专属物种，在其他地方见不到的，在这里司空见惯。还有各种热带雨林大树，在北方没有见过的不可想象的，在这里都可以见到。这让我想起许多人生的道理。有些事对于有些人一辈子也不可能遇见，可对于另一些人像日常生活一般，特殊的环境造就不一样的人。在别处，不可能见到的一些东西，在这里有很多，都是天天可见。譬如冬天，北方树木萧索，南方却绿荫遮天，温暖如春。

来三亚这么些天，我经历了许多年前想也不敢想的生活，感到了冬天里春天般的欢乐，有了太多不一样的人生感觉。我发现这世上的事情，一切皆有可能，在他处艰难的生活，在别处，也许很轻松就可以走过。

这座城市的一切，给了我太多启发，让我的思想像打开了一条绵延不绝的河流。在我思绪纷飞的时候，我的电话响了起来，原来是邮政快递给我寄的中国散文学会会员证到了。我扫了一辆单车，回住处去，心里格外欢愉。

今夜月儿圆

晚饭后，我依然如往常一样，到白鹭公园去散步。

穿过临春河步行桥入口广场热热闹闹跳着街舞的人群，穿过人来人往的临春河步行桥，穿过步行桥另一端公园里跳广场舞的大部队，我又来到了白鹭公园的白鹭湖边。

每天晚上我都喜欢坐在白鹭湖边，或者站在白鹭湖边，欣赏夜色下的公园和周围的风景，今天也不例外。

公园里到处都有音乐。在音乐声里看周围景色，心里总是温柔如水。

白鹭湖里的水在不停地上涨。大海涨潮，海水回涌，湖水粼粼而动，反射着各处传来的光影，一片诗情画意。

远处临春岭山顶的塔楼上，灯光金黄，凤凰岭上的灯光也不示弱，一束束彩色的光带打向暗夜中的山林，变幻莫测，非常漂亮。

不经意间，我发现山头有一轮金黄的圆月，穿过丝丝缕缕的云层，正在天上升起来，硕大而皎洁，叫人暗自心动。

我一边听着各处传来的音乐，一边欣赏着那轮圆月，我发现今晚月亮特别圆。想到日历上显示的是农历腊月十六，心里不由得想起来那句老话，十五的月亮十六圆。怪不得月亮如此硕大皎洁。

眼前湖水粼粼而动，闪着各处灯光打出来的光彩，天上白云缕缕，环抱着明月，我默默欣赏着，感觉天地美好，一片澄明。

湖上有风刮起，凉意绵绵，才想起内地已是深冬。而这就是三亚的冬天了。早晚穿着风衣，中午穿着裙子，我们家的微信群里老公在发言，说再有几天有中雪,而且是一连好几天,我的小女儿在群里响应着。想到我在三亚,目前空气舒适,温度如初秋,不免在心中感慨,看来我是要错过老家冬天的雪花了。

风一阵阵刮来,比往日都凉。我离开白鹭湖,走向公园的中央,沿着林下步道,走过一座小桥,向雨林深处走去。时不时还能从树荫的空隙里看到月亮,皎皎其辉,如诗如水。

我一个人在雨林大树下走着,树叶簇簇团团在头顶在周围,看不见颜色,但能感受到形状,觉得一切都很美。

远离了跳舞的人群,夜渐渐安静。我一个人走着,也不觉得害怕。路上偶尔遇见一些散步的人,反觉得安静真好。影影绰绰的雨林大树下,我悠悠地走着,心中竟有了恍惚。我怎么会想到这个冬天,我在三亚在海南岛上过着如此悠闲的日子。多年前,我怎么也不会想到,也不敢想,也没有胆量去想。可是现在,我一个人在暗影中的雨林大树下,一点儿也不害怕。

三亚是一个国际城市,冬天更是成了全国人民的城市,这里很安全很温暖。走在公园里,我身边的人群中,口音很东北,也很全国。我走在三亚的土地上,有时候疑心自己身在东北。东北口音遍布三亚的角角落落。全国各地的人都会遇见,也经常见到外国人。我在这里生活,一点都不害怕,仿佛这座城市的热情融化了我来之前所有的恐惧与担心。

我一身轻松,走在暗夜中的雨林大树之下,月亮很皎洁,时不时透过树荫来向我发出问候。我发现海岛上空的星星也很亮,仔细看,特别多。空气也很纯净,一切都如水般温柔。

一边走,我一边又开始恍惚,这真是一个美好的冬天!多年前我怎么也不会想到,这个冬天我会在三亚过得如此悠闲!

走到公园另一边的时候,月亮升得更高了。高天上的月又圆又亮,仿佛定格在我的心上,让我感觉自己仿佛穿越了时空一样。

嘿，你好啊！

早上醒来尚早，躺着听书，听着听着好像又睡着了。再醒来的时候却觉得懒懒的不想起床，胡思乱想一直到七点多，越发不想起床了。

想想来三亚已经快两个月了，对该看的该跑的地方已经有了许多了解。不急了，这几天心情有点懒懒的，好像又陷入了在老家时常有的那一种状态里，浑身无力。

毕竟七点多了，躺了一会儿，觉得一直躺着没意思，才起了床。洗漱之后，我毫不犹豫又去了白鹭公园。

今日大寒。三亚还是夏天。不过从临春河上吹到商品街的风有点凉。细细感觉，其实还挺舒服。凉风中有点冷意，但正适合我的体感温度。迎着凉风，我走向临春河的步行桥。上桥时，风吹拂我的长衣长发，我感觉自己在风中飘飘忽忽，心中升起一股潇洒的惬意。

嘿，你好啊！我一边走上桥去，一边在心中向自己打着招呼。仿佛阵阵凉风吹醒了刚才起床前的那种混沌意识，我的心中渐渐涌起欢喜来。

今日大寒。北方寒风萧索，我在三亚过着夏末初秋的凉爽日子，还有什么不满足的呢！

这样想时，一切心烦意乱的情绪像潮水一样退去了。我走在临春河高高的步行桥上，风吹拂衣袂，我一边走一边告诉自己，此冬如夏，你过着多么美好的日子，且要珍惜。

公园的音乐声浪漫响起。一曲动听的音乐中，晨练的人们翩翩起舞。我踏着音乐，不由得挺直了腰身。

这是一个多么美好的清晨！

好久没有练习走秀了，我收紧腰腹，拔背向上，我感到那个自信的自己又回到了自己身上。

白鹭湖边，几个衣着华美的女人正在拍照。一个拿着长镜头的摄像师正在给她们指挥如何摆造型。凉风习习，椰子树的叶子随风舞蹈，一切都是美好的样式。

我过了一座小桥，走向公园深处。雨林大树的叶子一片翠绿，仿佛印在头顶的天空之上，细碎而美好。

绿色的草地像地毯一样遍布公园，一层又一层的绿色包围着我。雨林大树气象硕大，总是叫我内心震撼。我说过要写一写这些大树的树根之美呢，还没有书写。每天来公园散步锻炼，我好像已经对它们司空见惯，一天天拖延着，没有兑现。我每天来公园，这些大树给我的美好，一次次从心上掠过，我已经当作自己的细胞一样，觉得融入神经内部，不再急于表达。

我准备写一篇励志小文，写出雨林给我的启发，至今也没有落笔。我感觉自己已经欠了它们一笔情义，在内地不可能的许多事情，在这里随处可见。比如，公园里的树，歪歪扭扭生长，从没有人去纠正，大树想长多大就长多大，想长多高就长多高，想长成什么样子就长成什么样子，没有人打扰它们，所以就成就了海岛上千奇百怪的树形。拿红树林来说吧，长在河中，七股八叉，没有主干，也许你觉得作为树，它们用处不大。但是美学价值却很高，它们给这座城市带来云朵一样松软的舒适，给白鹭提供栖息地。从风景上来说，很漂亮。

北方的树强调有用，海南的树没有人限制。像白鹭公园里的树盖房子几乎都没有用，但是它们制造风景，那种美震慑人心，让人心动。它们为游客制造荫凉，滋养灵魂，长得千姿百态才是美好的风景。

我亲眼看到了那些怪模怪样的大树小树，很自由散漫地在公园的角角落落成长，不但没有人挖走，反而觉得很有意趣。这些树长在海南是长对了地方，阳光充足，环境自由，想怎样长就怎样长。把别处不可能的一切，变成了一切都可能。是的，在这里一切都可能发生。比如，北方冬天寒风凛冽，这里可以是夏天，也可能温暖如春、凉爽如夏。

走到公园的一个高台附近时，我发现一棵大树树叶很奇特，用手机"花伴侣"App去照了一下，我发现这棵需要仰着头去看的大树，名字叫作大叶子相思树。

多好听的名字，那树叶在空中挤挤挨挨，聚成团随风而动，看得我眼神迷离。好美的一棵大树啊！我一边感叹，一边去树下草地上捡了两片叶子。那落了的叶子黄灿灿，像一把弯弯的小镰刀，质地厚实光滑，也非常漂亮。再看，像弯弯的眉毛一样，叫人感觉趣味横生。

太多没有见过的大树，太多长得有意思的大树，这个冬天点燃了我的内心，让我感觉世界真是奇妙至极。

我在公园走了一圈回去，风凉凉地吹拂着我的长衣长裙，我在临春河步行桥上向远处望，美丽的大树酒店，在天宇下依旧那么漂亮，河水悠悠，红树林浓绿，白鹭安然觅食，一切都那么自在安详。

是一个好日子。每一天都是好日子，把情绪的垃圾踩在脚下，我们才会看到天空的太阳，才能看到美好的风景。

我走下临春河步行桥，走过椰子树下的临春河路，走向商品街，准备去吃个早餐，然后坐公交车去亚特兰蒂斯看看。

没有一个日子不值得珍惜，做好自己，过好日子，当孩子们过到这个年龄的时候，希望他们能从自己身上看到一些风景。

好好生活，每个人的生命都很珍贵，别浪费生命，让坏情绪遮住幸福的天空。好好爱自己，把生活过成自己喜欢的样子，如果没有做到，也要努力。

当我们在生活中有了疲累，当我们的心里有了不合宜的情绪，要及时发现，要学会调整，去寻找积极的色彩，要呼唤自己，提醒自己：嘿，你好啊！一定要好好生活啊。

这个冬季，我在三亚祝福你，也祝福我，祝福所有的家人朋友以及陌生人。岁月不居，且自珍惜，好好生活，学会爱自己！

亚特兰蒂斯的"大鱼缸"

那天，去海花岛回来的路上，身旁坐着的东北姐姐告诉我，亚特兰蒂斯的"大鱼缸"很好看。我的心里便又有了一个打卡目标。姐姐在三亚湾居住，说乘 35 路公交车可以到达亚特兰蒂斯酒店。

昨天下午，我在网上搜了一下白鹭公园到亚特兰蒂斯的路线，说 35 路可以到达。我去白鹭公园旁边的山水国际站点，结果没有等到 35 路公交车。25 路的公交车司机告诉我，34 路可以到达。

今天早饭后，我扫了一辆单车，去三亚湾路，一直骑行到海月广场。等了半天时间，等来了 34 路公交车，司机说可以到达国际免税城，转车去亚特兰蒂斯。我便不再等什么 35 路公交车了，不知道 35 路车真的能不能到达。上了车，才发现 34 路公交车过新风街凤凰路，但只在巴士码头乘车点靠停。这是离我居住地方最近的一个乘车点，虽然路过白鹭公园，但是不停站。

公交车向前，在几个村庄停站之后，便上了高速，一路向前，直奔海棠湾。我是中午十二点左右上的车，到达国际免税城一点左右。一路上看到了一些庄稼田，种着蔬菜花卉什么的，以前出行很少见到田地，看到的大都是雨林植物，绿色山峦，这次也算见了本土真面目。

国际免税城出现在眼前时，我感觉很震撼。那大气磅礴且别具一格的建筑风格，让我感到了不小的气势，好像在哪里见过的飞机场样子。贝壳一样的迎宾楼和伸展开的流线型副楼，让人惊叹建筑也可以这样美好。

排队扫码，随着长长的队伍等待了十来分钟之后，我才走进了三亚国际免税城。说实在话，第一次来这么豪华的购物之处，我有点刘姥姥进大观园的感觉。以前听说这里的东西很贵，我便连来看看的欲望也没有了。这次阴差阳错来到这里，亚特兰蒂斯的高楼就在不远处，但好像还有一段距离。我发现我的手机没电了，我得先解决这个问题。进了大厅，我环视一周，发现大厅中央有服务台，一个美女在接待顾客。我上去询问，美女告诉我，旁边就可以租用充电宝，扫码租借。

我找到了存放充电宝的充电桩，一个苗条美女也在扫码，我请她帮忙，她很快帮我借了出来，有三个接头，我试了试，有一个正合适。我给手机充上电，便不再慌了。因为回去的时候，我还要用手机扫乘车码，手机没电，我怎么乘车呢？这一点很重要。

我一边给手机充电，一边在免税城溜达。乘电梯上了一层又一层，从A区到B区。免税城人来人往，不知是购物还是赏景。我去看了几样东西，确实挺贵，但是要买，我还是能买几样的，但那不是我的消费习惯。我把免税城当作景点来看了。我想这里面一定有许多人和我一样，是来开眼界的。我是误打误撞来到这里的。既来之则安之，我也不想白白错过这一趟出行。

我被免税城的豪华装修吸引，随便拍张图片，我觉得都有大片的感觉。尤其是中间的透明大玻璃房顶像大喇叭一样，中间有硕大的热带植物，在阳光下飘摇着硕大的叶子，让人感觉格外美好。

即使不买东西，来欣赏一下这里的建筑之美，也很好。我想，不知道多少人和我有一样的感觉，可从来没有人表达过那美好的感觉，那些感觉便都在生活的暗流中淹没了。有些东西，就是这样，感受到了，说出来，说不定就会有人看见，就会有人有同感。

我在免税城待了大约一个小时，在A区与B区长长的走廊上休息，吃了早上带来的沙拉煎饼，然后去还了充电宝，出了免税城。

不愧为国际免税城，回首望，感觉气象非凡，不买东西也值得来此看看。

在免税城对面，有人在扫码骑电车。我看看周围，没有公交车，过马路也扫了一辆电车。感谢小女儿在我去云南时教会我扫码骑车，现在我走到哪里都可以发现交通工具，不会因为在外地受到局限。

这一段时间，我一直扫码骑自行车，把扫电车的事给忘了，心里有一点小小的犹豫，但又一下子想起来，最初女儿教我骑的就是电车，心头的疑虑瞬间消散。我扫了一下电车二维码，很顺利就开了车，我骑上去，感觉心头轻松至极，感觉社会发展带来了这么多便利，真让人幸福。

亚特兰蒂斯的高楼，如一面风帆就在不远处。但据刚才扫码时那个美女的介绍，步行有二十多分钟。正午时分，阳光热烈，我可不想在阳光下做慢行的蜗牛。

一路飞车，一路美景，一路好心情，我终于可以去亚特兰蒂斯了。

我知道亚特兰蒂斯是个豪华的七星酒店，酒店48层，高179米，有1314间海景房，里面集各种娱乐设施于一体，非常漂亮。但是今天，我只想感受一下这里的环境。我的主要目标是"大鱼缸"。有位姐姐告诉我，沿着大堂旁边的楼道下去，可以免费进去参观。我不知就理，权且当作探险，是不是也很有意思？小时候我们总爱玩探险游戏，这种心理让我感觉有趣。十几分钟后，我终于来到了海棠湾的亚特兰蒂斯酒店，那双层的船帆给人以震撼之感。优美的环境，洁白的双帆高楼，耸入蓝天，让人感叹人类在建筑方面取得的惊人成就。

据说这是来自八十多个国家的设计师联手打造的，确实让人震撼，原来建筑的美，也可以如此让人打心里惊叹。

我咨询了一个正在门口拍照的美女，在她的指导下，我顺利地来到了酒店大厅。里面果然非常豪华。进入大厅，我便看到了抖音里常见的蓝色"大鱼缸"。只是不知道如何到跟前去，我环顾四周，想起那天那个姐姐告诉我的话，便向另一边的楼梯走去。下了楼梯，竟然来到了酒店内部，里面凉风习习，椰子树、大王棕、狐尾椰青青葱葱，三角梅开得无比鲜艳。有蓝色的游泳池，沿着步道向前，有人告诉我一直走就可以进去。但我后来看到的却是一个购物长廊，我试着向前走，长廊也很豪华。走了一会儿，我甚至想返回的时候，看到一群人从电梯上缓缓而下。上面会有什么呢？在我想上去的时候，发现一转弯，就是那个我特别想看的"大鱼缸"，像蓝色的海洋一样，许多人在兴致勃勃欣赏着里面的各种热带鱼类。

　　说是"大鱼缸"，其实只是我的说法。实际上这里就是海洋世界水族馆，也叫失落的水空间。百度资料说这里的透明观赏幕墙，有16.5米长，非常震撼。有两层楼高的大玻璃，里面一片蔚蓝，有各种热带鱼自由自在地在水里来往穿梭，还有几个潜水员在自由自在地做着什么，我一次次在心里惊叹着：真美啊！

　　金枪鱼和斑马鱼一群群，在水里游着，石斑鱼肉嘟嘟的大身体晃晃悠悠在眼前飘过，鳐鱼扑扇着两个三角形的大翅膀拖着细长的尾巴，悠悠然在水里来往，时而还从下而上飞机升空一样表演，乌龟呢，很悠闲，慢慢地在水里晃着身子，大大小小的鱼品种很多，鲨鱼也很温柔，所有的鱼类各有自在，看得我眼花缭乱，感觉海洋世界美妙至极。

　　我看不清这片水世界的边缘，细看水里面有各种雕塑，水色暗蓝，鱼群众多，非常漂亮，拍照的大人像孩子一样喜悦。

　　我也说不清在这里待了多久，拍了多少照片，下午四点多才走出了亚特兰蒂斯。

　　离开的时候，再次回首，那高耸入云的酒店大楼，如双帆依然让人感觉震撼。我的心中，再一次为亚特兰蒂斯酒店的建筑之美连连赞叹。

去博鳌，风景在路上

想去博鳌，我便报了团。

因为闲着没事，我跟的是购物团。

早上五点半我们在山水国际站集中上车，出发时，天还未大亮。我在车上眯了一会儿。天亮的时候，我们的大巴车已经上了高速。我知道这样的出行，风景在路上。大巴车沿东线高速向前去，一路上风景如画。我坐在窗边，窗外的风景一路飞奔而来，一路飞奔而去，我喜欢这样的感觉。

说实在话，海南岛上的风景是真漂亮。起伏的山峦被青青葱葱的热带作物挤得满满当当，大地如画，连绵不断。天上云朵如絮。我不知道如何形容那种天地大美，只是无言地坐在窗边，痴痴地把心思放在窗外流动的画幅上。大巴车一路飞奔，我的心一路沉醉。

有一段路，远处的山上有雾气流荡，如人间仙境，缥缥缈缈美好。

这一段路过去，一切又变得清晰。远处的山，近处的田，身边的树旋转着后移，我的心像迎来新曙光一样，满心愉悦。

我喜欢在路上的感觉，喜欢在海岛的路上的感觉。大地如涂了绿色的油画颜料，各种树的形状奇特，是别处没有的。就在这样的飞奔感悟体验中，我的心里装进了一心满足。

中午去了一个购物店。午饭后，我们来到了博鳌。导游说，来这里可以沾沾喜气财气。因为这里三江汇流，是万泉河入海的地方。

果然海河交汇，风景优美。也许这里以前举行过博鳌亚洲论坛，路面显然修得很规整，天地间有大片的槟榔树与椰子树出现，感觉更有气象，有一种高贵的气息在里面。景区内，有万国旗、有会议原址、有当年习近平主席讲话的主席台。

当地导游带我们在园区内游览并一一作了介绍，我们一边听一边想象着博鳌亚洲论坛的盛况。游览完毕，我们在万国旗下和主席台上分别拍了照片和视频。之后，大家自由活动，感受博鳌风情。

天气晴朗，园区旁，海河碧蓝，水上有游船，海南岛上的雨林植物优雅多姿。人们各自欣赏三江汇流的美景，休闲随意。

对博鳌这个名字我挺感兴趣，在网上查了一下，原来用通俗的语言表述就是"鱼多鱼肥"的意思。也不知道准确不准确。"鱼多鱼肥"应该是老百姓最喜欢的。从周边的环境看，确实是个不错的地方。有河有海，风景秀丽。博鳌属于海南琼海，与万宁市交界，距离海口市 105 千米，距离三亚市 180 千米。

博鳌是海南著名的"十大文化名镇"之一，是著名的"华侨之乡"，是国际会议组织——博鳌亚洲论坛永久性会址所在地。所以，来海南的人若时间充足，一般都会来博鳌看看，感受一下博鳌亚洲论坛盛况。

下午我们又去了购物店。了解一些海南特产。

回三亚的路上，我仍然醉心于窗外的风景。东线高速周边的风景再一次从眼前飞过，实在是美好至极。一会儿是山，一会儿是海，云朵一直在山头，导游说海南岛与中国台湾一样，许多风景类同。

海岛外围是大海，海上起云，云在山头低低软软，总是那么温柔。走着走着就遇见了一个海湾，海水碧蓝，如影随形相伴车窗外边，走着走着就被山挡住了，大片大片的绿色植物在眼前飞转，一忽儿海水又出现在视线里。我常常被一个又一个熟悉的不熟悉的名字给逗引起好奇心。

沿途有许多景区。比如分界洲岛是我想去还没有去的地方，路遇了一次，以后有机会要去看看。比如亚特兰蒂斯的高楼总能远远望见，暮色里灯火通明，像蓝色的船帆亮晶晶的，叫人心动。我已经去过了，但还是喜欢。比如清水湾还有一些以前没听说过的海湾名字与山岭，沿海一路都是风景。

　　傍晚时分，夕阳斜照，满天云霞，火烧云一般在窗外绵延，看着眼前的一切，感觉像穿行在大海中一般，是一种很美妙的感觉。

　　每次出行，都觉得风景在路上，车窗外流动的是一幅没有边界的长画卷。在家里待久了出来一次，心随车行，随风动，随云飘，随山转，随景移，真是一种简单又很有魅力的旅行。有时候，穷游也很安抚人心，让人有一种很舒服惬意的体会。

相见

　　早上起床去白鹭公园走了一圈，然后去习文小店吃了个早餐。回来以后，打扫了卫生，然后躺在床上听书。听着听着，不由得就想起，今天是元月二十四号，我来三亚已经整整两个月了。

　　时间过得真快，面对岁月，我们好像只有感叹的份了，谁也不能扭转乾坤。我从刚来三亚的陌生新奇到渐渐熟悉习以为常，之后出去旅游，一个个日子就这样过去了。不过，想想也不后悔了。这样子过日子，已经是非常美好的样式了。

　　老家前几日下雪，冰天雪地，我若在老家，此时天寒地冻，树木萧索，无处可去，也只能一日一日盼着春天回归了。

　　在三亚呢，每天过着山青水绿的温暖日子，常常跟着旅行团出行，认识了一些新朋友，看了一些想看的风景，每天又充实又快乐，知足了。也读了一些书，写了许多字，过的都是多年前想也不敢想的日子，常常有幸福的感觉在心里涌出来。

　　这样想着的时候，手机忽然响了一下，我拿起手机一看，发现是儿子发来的短信，说今天来市里。我看了很高兴，一下子来了精神。我已经两个月没有看见儿子了。儿子忙着做他的海景民宿开业准备工作，没有时间来市里。每次我们两个视频，他都是在忙着一些事情。

　　昨天我做了黄焖肉，还算成功，在冰箱里放着。我起身去楼下买米买菜，然后开始做饭。炒菜锅用得不顺手，我用电压力锅做了两个菜，然后和面烙了油馍，蒸了米饭。忙碌了一晌，儿子还没有到来。原来他

153

和伙伴去取执业报告了，十二点多我们才见了面。

  开饭，一边吃饭一边聊天，很开心。饭后，我们又聊了许多事，说了许多话。自己养大的小孩，开始做他自己的事业，虽然起步阶段有点慢，但也要支持。我们一直聊着，看着儿子越来越成熟的样子，心里很是安慰。也许太久没见儿子了，说说话，感觉心里面特别舒服。

  两点多，儿子去找伙伴们去了。他们还有事，我把他送到楼下，挥手看着他走向商品街。我上楼来，拿了笔记本，下楼准备去图书馆。

  天气炎热，我上楼准备去换件衣服，忽然想起来，今天是周一，图书馆没有开门，于是在桌前坐下来，翻开了笔记本。

  两个月的时间过得真快。若在老家，天寒地冻，我也许在休养身体，不想做任何事情。但是在三亚，每天都像过年一样，享受着公园里雨林大树的滋养，天地大美的包围，一个又一个景点的滋润，过着许多年前想都不敢想的生活，把这个冬天过成了夏末秋初的日子，真的知足了。

  新年就要到了，我却一点儿都没有过年的感觉，因为在三亚天天如过年一般，我已经习以为常。这里这么美，山水云朵滋养着灵魂，热带水果美食滋养着身体，还能看到我的儿子，真的，这个冬天，我很知足。

寻找小东海

闲着没事，想去小东海看看。

在商品街旁边的站点上了公交车，与车上的人交流，说这一趟车不到小东海，我只好在大东海附近下了车。

扫了一辆单车，导航，沿着鹿岭路向里面去。在一个路口，我没有按着导航走，来到了大东海潜水的地方。海水湛蓝，无奈景区正在维修中，只好望海兴叹。上次去大东海，沿着大东海广场到海边。这边被围着，正在维修改造中。我以为这里区域不大，来了才感到，又想错了。维修改造的部分可不小，我开了眼界。

我回到鹿岭路上，沿着鹿岭路向上骑了一段时间就下了车。路两旁绿树遮天，挺好。但是，路在半山坡，都是上坡路，骑行太累。

我推着自行车向前去，走一段路歇一会儿。午后阳光灿烂，温度像夏天，我微微出汗，感觉疲累。

好不容易到了鹿回头景区门口，非常想进去看看，但想到我的目标是小东海。便不敢停留，一直向前去。路边有一些高大的树引起我的注意，我发现上面写有名字，是非洲楝，树干粗壮，树冠又高又大，很有气势。我又认识了一个新的树种，感觉很开心，仿佛认识了一个新朋友，给了我很多安慰。我喜欢植物，每一次遇见新的树种，我都会像遇见新朋友一样欢喜，觉得开了眼界，长了知识，很有成就感。

也不知道走了多久，路面坡度终于不太大了，我又骑上了单车。有一段路微微下坡，我便像鸟儿飞行一样骑行在大树的阴凉里。

穿过一段又一段转弯路，我终于找到了小东海路。沿着这条路有许多分岔口，我探索着向前，终于在疲惫不堪的时候，来到了小东海的海边。

一个小小的海湾呈现在眼前，游人不少。但是与三亚湾大东海相比，人少多了。

海水清澈碧蓝，午后的阳光亮丽地照在海面，照在椰子树林，海边有人在椰子树下乘凉，有人在沙滩上铺上防潮垫休息，还有青春的女孩子穿着吊带裙子，坐在简易的座椅上，惬意地听着小音箱里放出来的音乐。

海里有人在练习潜水，有人在练习掌握小小的帆船，还有人在礁石间捉着什么，有风吹来，非常舒爽。

小东海是一个不太大的海湾，海边有沙滩，沙滩旁有礁石。没有大东海三亚湾的沙滩那么细腻干净。椰子树包围着海湾。海的另一边有山环绕着，使得小东海仿佛一个秀气的少女，心似珠玉少了浩荡之气。

海水很蓝。我找个地方坐下休息，静静欣赏着这个秀气的海湾。海上有一些小船泊着，小船随海水摇晃，别有情韵。也不知坐了多久，我起身去海边礁石上拍了照片，回去。

小东海比较偏僻，这里的公交车不多，来时骑行那么疲累，我决定坐公交车回去。

可是，在公交站点等了一会不见公交车，我只好扫了单车骑行。未走多久，又遇上坡路，骑行太累，我只好折回来在站牌下等车。

26路公交车在半个钟头之后才过来，我坐上去，不管三七二十一，只要能回到市里，离住处多远也不怕，好歹比骑行要轻松多了。

在离居住地最近的站点也就是市委站，我下了车，扫了一辆单车，沿着临春河路骑行，十来分钟就到了白鹭公园门口。我锁了车，如释重负。听别人说小东海不错，我去找寻，却费了不少周折。多次走错路，多次导航，多次爬坡，多次寻而不得。不过，这个目标终于实现了。

  让我感慨的是，在三亚，我已经不恐惧出行。只要有目标，只要想出发，哪怕费尽周折，我也敢出发去寻找，去完成心愿。这种精神让我自己感到非常有成就感。

去看房子

中午去教会听道，午后洗床单被罩。本来说好去儿子的民宿看看，房东中午吃饭的时候喝了酒，去不了了。那天在白鹭公园遇到的老乡正好打电话让我去看房子，我扫了一辆单车导航去了。在市政府旁边的中华雅苑小区。这个小区在榕根路与祥和路交叉口附近。

六十平方米一百二十万，没有房产证，全款付清。我看了之后，选择放弃。在中华雅苑小区，我还见到了另一个老乡。

我的老乡住的是一个九十平方米的房子，装修新潮，另一个老乡住的是六十多平方米，是小客厅小卧室，装修普通。

且不说他们房子好坏，在异地他乡能见到老乡，且他们正过着当地人一样的生活，一下子让我感觉像在老家一样，心里非常踏实。

老乡告诉我，我们村有许多人在海口也买了房，我更是感到大开眼界。

我的老乡两口子已年过七十，以前在村里是很不起眼的人，男主人腿还有点毛病，没想到他的儿子做汽车生意越来越好，在县城买了别墅，听说在海口也买了房。三亚的房是通过特殊的渠道买的，将近一百五十万，付的全款。且重新装修，比较时尚。老两口欢天喜地，一副热心肠，生活看起来很是惬意。

下午我去老乡家的时候，是扫了单车导航去的，路不熟。但是我终于找到了那个陌生的地方，见到了老乡看了房又聊了许久。我竟然有点儿像在老家一样的感觉。他们的小区环境不错，老乡说着非常自豪，我也为他们感到高兴。

　　夜里我去白鹭公园散步，走累了，坐在白鹭湖边。望着如水的夜色，心里禁不住感慨，我初来这座城市，一个人租了房，不认识别人，现在已经认识了许多朋友，如今又遇见了老乡，他们生活得那么安详，我感觉这座城市快变成我的老家了。认识的人越来越多，展开的生活越来越丰富，我对这里的一切也有了感情，从刚来时候的陌生到如今草木情深，连我自己都感觉有点儿不可思议。

　　每次我只要出去，只要有目标都能穿过大街小巷，曲曲折折找到。在城市的深处，我纵横骑行，仿佛行驶在一个城市的迷宫里，一次次穿越，心里涌起的都是成就感，还有说不出的幸福感。那感觉像天上飘着的云朵，让我感觉舒服。虽然我没有买成房子，但是这种经历让我开了眼界，我感觉很有收获。

打卡第一市场和鸿洲码头

  早上去公园走了一圈，然后去吃了早餐。回来休息一会儿，我扫了单车开了导航去了农贸市场。
  好几次了，我从别人口中听到第一农贸市场这个名字，就特别想去看看那里的东西怎么样。
  我没有按照导航提示，知道农贸市场在三亚河西路那边，就推着单车过了情人桥，才骑上去。一直向前，这次按照导航提示，来到了第一农贸市场。
  我没有立刻进去，又向前骑行了一会儿。我总是好奇，想看看周围有什么明显的建筑。看到附近有个服装城，我锁了单车上楼去溜达了一圈。都是普通衣物，我看了一条棉麻长裙，花形挺好，但是不让试穿，便作罢，下了楼。
  去第一农贸市场，进去就发现这里人太多，当然物品也很多，什么海鲜蔬菜水果皆有。里面人员嘈杂，我溜达一会儿便赶紧走了出来。
  我发现我有眼花缭乱综合征，太多的物太多的人让我心烦意乱，不知道选择什么东西。各种海鲜一盒一盒用水养着，我不知道如何选择。最终的结果是我放弃选择，在门口买了一盒削好的小菠萝，迅速离开。
  我喜欢小一点的农贸市场，物多人不太多，不嘈杂。我选自己要的东西，内心很安详很从容，不觉得烦乱，反而有种亲切感。也许这里东西太多，市场太大了，我骑车离开，导航去了鸿州码头。这个鸿洲码头，也是多次从别人口中听到，便有了想一探究竟的意念，这次一并去实现。

我骑着单车，过了三亚大桥，便看到了临春河路，只要看到临春河路，我就知道如何回到我的住处去，所以心里像吃了定心丸不再着急。

我在三亚大桥与临春河路交叉口不远处的鸿洲时代海岸拐弯，从右边走进去，发现这里是另一个世界，绿荫浓密，道路宽阔，仿佛是柳暗花明又一村的小世界。我骑行，一直向前，过了几个酒店，来到了鸿州游船中心。

我在路对面锁了车，走进一个小巷，从里面进去来到了游船中心。进入大厅，来到里面，发现游船泊在水上，天蓝云白水绿，一幅美好生活的画面。

在一个音乐餐厅前的沙发上坐下来，我一边吃着刚才在第一市场买的小菠萝，一边欣赏眼前风景，海上凉风习习，远处白云缱绻，不时有船停泊靠岸。看着眼前的一切，我感觉特别喜悦，我甚至不想起身回去。远处的大桥就是三亚桥，桥上人来车往，与这边水上泊着的白色游船，形成一个非常漂亮的画面，再一次让我感觉美好。

今天出行的两个目标都已经达成。回去的时候，骑行在临春河路上，我的心里特别轻松，也很满足。

白鹭公园的步行桥，老远就出现在视线里，这个地标已经成为我天天可见的伙伴，只要看到它，我心里便觉得亲切踏实。我在商品街一巷拐了弯，驾轻就熟回到了住处。这又是一个难忘的日子。

在分界洲岛上

农历 2021 年，也可以说是我的旅游年。春天我去了西安，夏天去了威海银滩。秋天我退休了，更是有了大把的时间，在修武的云台山玩了两天住了一晚，去了洛阳的重渡沟和鸡冠洞，国庆节双飞在云南玩了八九天的时间。冬天我来到海南岛，在这里旅居，也常常出去旅游，看了不少风景。

就要过年了，我想再出去一次，也难得这么些年忙碌之后，有了这样的机会。往年，我都是在年末的洗洗涮涮准备年货的生活中度过的。今年既然远离了家乡，就彻底过个不一样的新年吧。

2022 年 1 月 28 日，农历腊月二十六，我去陵水的分界洲岛上玩了一天。是纯玩的团，没有购物的烦恼。早上起床之后，我去外面吃了个早餐，回来背上背包出去，扫了个单车，沿着临春河骑行，去了巴士码头西站。导游通知我，早上八点十五在那里上车。我早早到了那里，还在旁边的小公园里溜达了一会儿。

旅游大巴车来得很准时。我坐上去，大巴车又去海棠湾接了一批客人，那是一个穿着相同服装的年轻队伍，里面还有几个孩子。我们呢，顺便也欣赏了海棠湾的风景，所谓风景在路上，在三亚，更是如此。海棠湾的星级大酒店一栋比一栋漂亮，中国保利、亚特兰蒂斯、国际免税城、喜来登，那气势那品质，每一次都叫人感叹。周围的环境更是美好，热带雨林作物青葱繁茂，优雅美妙。我的目光总是在窗外飞翔，感受着天地的大美。

在陵水，我们跟着导游坐船去分界洲岛，十几分钟的时间便来到了小岛上。在路上，导游已经给我们介绍了分界洲岛的基本情况，我在出发的前天晚上也百度了许多资料，知道小岛面积不大，形似马鞍，两个小小的山峰相连，与海南岛隔海相望。

　　岛上雨林青葱，有一些小景点，特别适合照相。也有许多水上游玩项目，右边是沙滩，左边是海洋馆，山顶可以观景。若用一天的时间游玩，这样一座小岛，不玩水上项目，时间充足。所以，上了岛，我不急，从容地欣赏。

　　旅游大巴八点多出发，去接了人，路上用了两个小时。现在已经十一点多，我先去吃了饭。岛上沙滩旁有一条美食街。我在椰子树下坐下来，要了一份陵水海鲜炒粉，二十五元，很大的分量，没有吃完。分界洲岛的四周海水碧蓝，坐在椰子树下吹着凉风，吃着陵水炒粉，感觉还是很不错的。

　　吃了饭，休息片刻，我便沿着步道向前去，有许多适合拍照的小景点，我请人给我拍了照片和视频，然后休闲赏景。

　　岛上雨林作物浓密，走在树下，欣赏大海，感觉惬意。海心亭一直伸到海水中，旁边椰子树高大，下面有两个小亭子别具风情，许多人在此拍照，我也乐而忘返。

　　分界洲岛是热带与亚热带的分界线，是五指山余脉牛岭的尾巴。这里天气常常南北迥异。据说北面常常风雨交加，南面却是阳光灿烂，这个小岛的名字也由此而来。

　　岛上也有"大小洞天"，一些巨型石块围着一个别具风情的小天地，石块上写着红色的毛主席语录，一些人在石块下拍照。向山上去，雨林中有许多小亭子，累了可以去休息一下。凉风习习，透过雨林遥望碧蓝色的大海，特别美好。

　　沿着上山步道向上去，有时候台阶陡峭，台阶上多处有铜钱模样的装饰，很有情致。

　　走累了，坐在石凳石桌前休息，然后再向上去，总有许多小景点，小亭子。什么英雄亭、约风亭，我很喜欢约风亭附近悬崖下的雪浪花。正午时分，大海碧蓝，一望无际与天相连，海水撞击礁石，卷起一堆堆白色的浪花，浪花打上来又落下去，非常唯美。

看累了在约风亭坐下，有仿古代风格木椅，海风劲吹，头发飞扬，身心舒爽。迎风闭目，感觉不知置身何处却又有登峰造极的美妙。但这里不能久坐，因为风太大了，久坐人会受凉。这真是一个美妙的凭海临风之处。

山顶上有别墅，星星点点，分布在山上的雨林中。住在此间，想来会有许多美妙体验。山上到处都是绿色，浓荫蔽日，山下到处都是碧蓝的海水，一望无际与天相接。海上卷起一层层的雪浪花，远远望去似蓝色的织锦上滚出的花纹，妙趣横生。

最有纪念意义的是，走到分界碑的地方，上面有分界的经纬度，下面有红黄分界双线，许多人在此拍照打卡。

小岛除了沙滩区，周围多礁石，山顶台阶陡峭，雨林遍地，登山望海，周围全被蓝色海水包围，天地浩渺，广阔无边。

在这样的小岛上游玩一日，甚是满足。

从山上下来，时间尚早。我去了沙滩区，赤足踏沙，极有童趣。之后我又去了海洋馆，在上面的餐厅远望各个养殖区，看到海狮在水里上下翻腾，似有无限的欢乐。

从海洋馆出来，我又去看了灯塔，多角度了解了分界洲岛的情况。虽然分界洲岛面积不大，但海水碧蓝，水质清澈，斑马鱼随处可见，有各种游玩项目，可以潜水，可以玩水上帆船。我没有参与，但已经感觉极其美好。这确实是一个风景不错的小岛。

年末的时候，我特意来分界洲岛上游玩，一是欣赏风景，给这一年的旅游生活画个句号，另外也想借用分界二字给旧年与新年做个分水岭。新的一年就要到来，这是我农历2021年最后一次欣赏风景的出行。希望新的一年，有更加美好的遇见。

这是一个美好充实的冬天

2021年冬天，对于我来说是个难忘的冬天。

因为这个冬天，我在退休之后来到了海南岛上，过了一个与往常完全不一样的冬天。以前的冬天是寒冷的，今年的冬天是温暖的。以前的冬天是萧索的，是放弃了写作修养身体的，今年的冬天是丰茂的，是对每一天都有了利用都有了充分热爱的。

后天即是除夕。明天下午，我将要去儿子的海景民宿，准备在那里过年。这个冬天就要过去了。回想过去了的这些日子，我觉得自己过得热烈美好而且充实，是实实在在用心在过的冬天。

海南的冬天是丰盈美好的。从最初我来到海岛上，对一切感觉陌生，到现在感觉一切都那么熟悉，我感到生活对我又打开了一扇新的窗户，让我在半百之后大开眼界，感到生命的神奇生活的美好，原来我们的生活还可以这样度过。

今天早上，我起得比较晚，老家的朋友们分别打来电话，我们一起交流了年前的工资情况。起床的时候，已经八点多了。我洗漱之后去公园里走了一圈，回来在家做饭。中午买了几只大虾，做了饺子，感觉非常可口。下午写了游记，后来特别想再去一次图书馆。

写完游记的时候，天已经快黑了，但想到再有两天就要过年，明天下午我就要去儿子的海景民宿，我不想让旧的一年留下遗憾，就在傍晚时分锁了家门，走向了白鹭公园。

穿过白鹭公园的时候，我忽然想到时间较晚，又临近除夕，图书馆会不会已经放假？一路上我犹豫着，但脚步还是不停地走向了图书馆。

远远望见有人在上图书馆的台阶，我便明白图书馆还在营业。

我径直走进去，在书架上拿了一本杂志。翻开杂志，我的目光遇上文字，便把什么都忘记了，一篇一篇读着。我发现自己还是喜欢散文，在那些随意的时光里，我看到别人的思想情感，感觉像遇见了一些心意相同的人，跟着他们开了眼界。

也不知道看了多久，走出图书馆的时候，夜色已经重了。公园里很多人在散步，我走回住处，心里却非常充实。是的，这个冬天，我在三亚的日子过得很充实。对我来说，这是一个温暖充实又美好的冬天。

我从北国的寒冷里飞来，我住在了一个热情似火的城市里，我在这里看热带雨林的青葱繁茂，研究各种植物花开叶落的奥秘，隐身在这座城市的大街小巷，穿行在这座城市的街道深处，像认识了一个新的朋友，一点点由陌生变成了深爱。

我去周边的景区旅游，我一次又一次发现着海南的美好。旅行途中，我又认识了一些新的朋友，我感受到了不同地方的美景，我大开了眼界，明白了海南生活的许多秘密，我感到这个冬天真是有太多的收获，我把一段本来寒冷寂寞的日子过成了繁华似锦的岁月，我感觉特别值得。

这是一个温暖又充实的冬天，我在这里感受到了太多的惊喜，我感觉自己把这个冬天过得兴致盎然趣味无限，我又有了许多新的生活感悟。我觉得一切生活皆有可能。在别处不可想象的生活，在这里许多都在轻松发生。

第四辑　民宿生活

过年了，儿子和朋友们打造的民宿也快开业了。我要到海景民宿去了。

年里年外的那些幸福时光

从昨天到今天，眨眼间又是一年。

今天是 2022 年春节，新年的第一天。我来三亚圈里圈外海景民宿，已经三天了。

这三天里，我彻底给自己放了假。不再提笔记录生活，书写心情。可生活有太多动人的细节，让我想留下印记。

2022 年 1 月 30 日下午，我在三亚市里港门村的房东，开车送我去儿子的民宿。房东早就说想到儿子的民宿看看，因为一直有事，拖到年前的这一天。

天气阴着，看起来像要下雨的样子，房东说，没事，他和八十多岁的老妈正想出去散心呢。一路上，我和他们母子俩聊天，心里真的很感动。

参观过民宿，休息了一会，房东母子回去了。儿子给我安排房间，我住在民宿的二楼，窗帘打开，便能看见蓝色的大海，海浪声声入耳，感觉非常喜欢。晚饭后，儿子上楼来到我的房间，和我聊了很多心里话。我对儿子有了更多的了解，感觉特别温暖。

昨天是除夕，中午我和儿子开车去崖州买菜。儿子让我去逛了崖州古城，帮我完成了一个小小的心愿。儿子暖心地为我拍照，我的心中充满了幸福。

晚上我做了饺子馅，包了饺子，和儿子，还有他的朋友以及朋友对象，一起过了除夕，非常开心。

新年第一天的七点多，我在民宿的蓝色泳池旁看日出，欣赏南海之滨的第一缕曙光，感觉很幸福。不时有路人投来羡慕的眼光。我在民宿里，无边泳池非常漂亮，有秋千，有向日葵花，路人很喜欢，但只能隔墙相望，因为民宿还没有开业。

中午我和儿子还有他的朋友一起吃了饺子，儿子为我拍了视频，我制作了一个抖音作品，看着很开心。下午，天下着小雨，我一个人打着伞去村子里走了走，了解了村里的一些情况。看着那一栋栋小楼，感到这个村子虽然有点偏僻，但是安逸富裕，是省级文明村，正在建设美丽乡村，前景很好。

今天，我和老家的姐姐哥哥都有了联系，进行了新年问候，和小妹还进行了视频，和自己的老公孩子都有了沟通。早上发了红包，除夕夜一家人还进行了集体视频，心在一处，天涯海角也温暖。

太多的温馨时刻装在我的心里，催促着我又拾起了笔。此时此刻，已是夜里，我没有关窗，海浪声声入耳，海边的夜非常舒适。外面下起了小雨，我从窗户望去，看到家家户户门前灯火通明，而不远处篮球场旁边的舞台灯光灿烂温馨。这是一个安静而美好的海边村庄，海景民宿就在大海的旁边，有蓝色泳池，门前沙滩绵延长达十几公里，沙子细腻，视野开阔。大海一望无际，与天相接。海浪声声，感觉惬意温馨。

本来我准备住上两三天，过了年就回去，现在已经改变了主意。我想多住几天，好好感受一下民宿的安恬时光。

儿子在这里，我的心里有着落有依靠，住的看的暖心丰足，是多年前想都不敢想的美好时光。

奢侈的新年

早饭后，我走出民宿，去镇海村溜达。

沿着海边栈道向前，在镇海广场走了一圈，我发现广场还在扩建中。看样子扩建后应该更好。广场就在海边，旁边有个篮球场，有人在打球。广场旁边路中央有一棵古树，不知道叫什么名字，看起来挺沧桑。

我沿着镇海中路向村里走，走着走着就走向了另外一些路。我看到村子里民居的小楼大多都是新的。每家每户都干干净净，院子里种着一些青葱的树木，或者门前有三角梅开得艳丽，玫红的颜色给新年增添了许多喜气。

刚下过一阵雨，地上湿漉漉的，走着走着，就走到了村子外面。一路上我发现几栋民宿小楼样子别具一格，还未营业，我一边走一边参观，一边欣赏一边拍照。然后从村子外边又走入村中，沿着一条条巷子继续参观，我看到几乎家家户户都在招待客人。正月初二，正是走亲戚的日子。我发现这里的村民生活节奏很慢，过着真正的慢生活。他们或者在院子里聊天，或者悠闲地做着什么。

经过村委会的时候，我看到有农家书屋，有运动室，推开门进去看了看，也许是过年，里面没有一个人。

经过一所小学的时候，我特意向里面瞧了瞧，一个中年男人正在打扫校园地面上的落叶。校园里有运动场有教室，掩映在椰子树之间。校园外边的文化墙上，写着孔子的语录：有朋自远方来，不亦乐乎？村子里还有一口古井，好像记录着村子的一段历史，被保护起来。

我从村里走向村外的国道，看到对面的田里种着大片的秋葵，田野青青，秋葵正在开花，一幅安恬的画面。我沿着国道向前走了一段路，路两边全是三角梅。在一个路口，我看到另一个村子的牌子，这个村子定位为田园观光民宿美丽乡村，村子的名字叫凤岭村。

我想去看看，又觉得这个村子离国道有一段距离，只好作罢。转身回镇海村，我发现才十点多，村子里很多人家已经开饭了。许多人家院子里亲戚围桌而坐，一边吃饭，一边谈笑风生，还有老奶奶拿着红包在给小孩子发红包。

走着走着我发现自己来到了镇海东路，沿着镇海东路向前，走过去，我就看到了我们的民宿，路的尽头就是大海。我沿着小路来到了海滩，眼前的大海无边无际与天相连。沙滩平缓，沙子细腻，海浪声声。天地间，视野开阔，令人心旷神怡。

有人在海边支起帐篷，吹起乐器，摆放了小桌子，看起来非常惬意。这是一个很安逸的小村庄，名字叫作镇海村。据说古代的时候是一个古渡口，曾经有过繁华的历史。现在正在建设美丽乡村。村委会外面的墙上写着：有时间做志愿者，有事情找志愿者。仿佛一个没有被世俗打扰的秀丽女子，村子朴素低调，海景优美，人们过着丰足安逸的生活。

这一年春节，我有幸来到这个村子，在海景民宿过年，感觉很幸福。

每天早上可以站在民宿的无边泳池旁边看日出，晚上又可以躺在床上听海浪声声。我感觉这个新年在民宿里过得非常奢侈。有时候儿子和朋友们出去了，我一个人守着海景小楼，仿佛住在一个纯净的童话城堡里。看着蓝色的无边泳池，看着外面无边无际的大海，我常常觉得像在梦里一般。

儿子和朋友们在这里打造民宿已经一年了，民宿马上就要开业。我来这里与儿子一起过年，只为团圆，然而感受到的一切却超乎想象。这是一个幸福奢侈的新年！

我来三亚已经两个多月了，我一直在三亚市里生活。一个人有时候未免有点孤单，但来到民宿，心中便有了别样的温暖。每天坐在泳池边看海听涛，常有路人投来羡慕的目光，询问什么时候开业可以来住上几天，我只能告诉他们，快了，马上就要开业了。

　　这个新年，我在三亚，过得确实很不一般，有种别样的幸福体验。

南海之滨的生活日常

早上起床，我去民宿外边的沙滩上呼吸新鲜空气，向前走了很远的距离。路上遇见几个人，我发现他们手中提着一些东西，上前询问，才知道他们在海边捡了海蜇。提着海蜇的老头很兴奋地给我分享着他的快乐。他们回去了，我继续向前，走着走着就跑起来，跑了很远的距离，后来天上下起了小雨。开始是毛毛雨，后来成了细细的雨丝，我赶快往回走。雨渐渐停了，我看见一个大哥在海滩上散步，请他给我拍了一个跑步的视频，和他聊了一会儿。原来他是海口的，他的妻子是这个村子的，他们过年来走亲戚。我和他挥手告别，回家去。上楼，在房间里制作两个抖音作品，然后下楼制作一种叫作"麻糖"的美食。我用酵母粉和面，面团已经发好了，我把油炸机打开，热油，然后一个一个制作麻糖面坯，还行，很简单。等油热了，把这些做好的麻糖面坯放进去，很快就做了一堆。

儿子的朋友陆续起床了，我用盘子给他们盛了一些。后来儿子和朋友一起去市里了，我一个人在民宿，吃了些东西，上楼去休息了一会儿，拿着笔和本上了三楼的海景房。我想在这里居高临下看海，写一些文字。

隔着落地大玻璃墙，望着与天相接的南海，我的心里像海边的空气一样舒服。海里的白色浪花一卷一卷扑向沙滩，海浪声声入耳。远处中心渔港的灯塔历历在目，我在网上查了一下资料，我们的海景民宿门前这个海滩名字叫作小太阳湾，是崖州湾的一部分。这个绵延十几公里的沙滩非常平缓，沙质细腻，视野开阔，海天相连，辽阔无边。沙滩旁，有线柏沿海生长，青绿的细叶非常密集，自成一片风景。

我坐在三楼海景房里，楼下的大门锁着，泳池的蓝色很清新，在楼上也能一目了然。不断有路人经过，抬头向院子里望望，拍拍照片，然后走掉了，仿佛生命里的匆匆过客。海边，有两个人在海里游泳，村子中走来了一个人，让他们出来，好像是说天气不好，风大浪大危险。那两个在海中游泳的人走出了大海，不见了影子。宽阔的海滩上又走来一对男女，在海滩上捡着什么。

今天是立春节气，我在三亚已经七十天了，来民宿也已经六天了，体验也差不多了。明天或者后天，我准备回三亚市里去。

有时候，我会觉得一切都很梦幻，我怎么会在这一年这个时刻来到南海之滨的这个村子里呢？一切都是早已安排好了的吗？

儿子和朋友们在这里创业做民宿，这是我为他设计的诸多人生选择里，根本没有想到的。一切顺其自然，祝福一切顺利。

今日立春，北方的春天就要来了，我期待春暖花开，早日回家。

以前不觉得，现在才知道，人在哪里长大，走得再远，也走不出那个地方。因为它在你的心里生了根，发了芽，开了花，结了果。

就在我写这些文字的时候，一拨又一拨的人来到了沙滩上。可能吃过午饭，他们来沙滩上散步了吧，而我要去休息了。

有时候看着那么多人，面对着大海发呆。我也会想，不就是个大海吗？怎么有那么多的人痴迷呢？面对大海，他们都在想些什么呢？或者说引起了什么联想呢？我说不清楚。我只是看到，许多人面对大海呆呆地望着远方，好像入了迷，思绪飞得很远。我也常常这样。

满心感动

明天我就要回三亚市里去了。

今天,心里忽然就很珍惜在民宿生活的时光。早上六点多起床,到海边沙滩上去跑步。天上有朝霞,正在灰色的云层里拉出长长的金红色光芒,我向着光的方向奔跑,跑了很远的距离。

沙滩上几乎没有人,遇见一个美女向我打招呼时才看清楚,是那天在沙滩上说过话的年轻女子,彼此喜悦地问候又告别,她也在跑步,已经向回跑了。我继续向前,看着大海,听着海涛,跑啊跑啊。天地间,空阔辽远,空气清新至极。后来遇见一个垂钓的人,鱼竿上抛出三个鱼钩,悠然坐在海滩上看着海浪,等待鱼儿上钩。我和他聊了一会儿,请他给我拍了一个跑步的视频,感觉能为生活记录点什么,我很满足。

我继续向前奔跑,天上的红光渐渐变成金黄色,渐渐被云遮去一些。天地间仍然有光影在闪烁,沙滩上也有了光影,看起来挺漂亮。我就那么跑啊跑啊,跑向中心渔港灯塔的方向。沙滩上空阔干净,海浪声声。后来我又遇见一个垂钓的人,我向他打了招呼,问他钓到鱼没有,他无奈地摇摇头,说今天天气冷没有鱼,并且指指地上,我看到一条很小的花斑鱼。

我继续向前,又跑了一段距离,发现沙滩很长,我跑不到尽头,就停下来,歇了一会儿,开始返回。

我跑跑歇歇,一边欣赏海景,一边欣赏海边的线柏树。海上有渔船点点,人们在捕鱼。沙滩旁的线柏树,沿海种植,如沙滩上的护海使者,与海岸一起绵延着。

再遇见第一个垂钓的大哥，问他钓到鱼没有？他指着地上说，只有一个手指大的沙丁鱼。我蹲下身子看看，是一条肉嘟嘟的透明样小鱼。我和钓鱼的大哥聊了一会儿，想到明天就要回去了，特别想在海边再拍个走秀的视频。大哥很热心地为我拍摄，我发现他拍得很不错，夸他，才知道他以前是搞摄影的，有几万块钱的摄影器材。我看着他为我录的视频，心里特别喜悦，现在生活变好了，我们身边太多高人。那些看起来平凡的人，常常有着不同寻常的技艺，让人刮目相看。

下午，我休息了一会儿，下楼想去拍些照片和视频，儿子的同学为我拍摄了许多。儿子看到我那么爱拍照，不知道什么时候拿出了无人机，悄悄地为我拍摄着。我坐在泳池边的秋千上，我站在泳池边的休息台上，心里幸福得像中了大奖一样。

后来，我又换了一套衣服到沙滩上去拍视频。我很早就有个心愿，想航拍一个在海边沙滩上奔跑的视频。儿子拿着无人机和我一起去了沙滩，他耐心地为我拍了好几段视频。我一边奔跑，一边心里无限感动，心里的幸福像海浪一样，一层层在心里涌上来。我在沙滩上，在大海边，幸福地奔跑着，我感到生活真是无限美好。

我又实现了一个小小的心愿，心里特别欢喜。明天我就要回到三亚市里去了，我在民宿住了六天的时间，知足了。蓝色的泳池，白色的小楼，无边的海景，儿子温馨的陪伴，一切都那么暖心。这个新年，我过得不同寻常，我特别感恩。

为美痴迷

要回三亚市里去了。我早早起床，准备到外面再看一次日出。

我发现儿子的朋友强子已经在无边泳池旁边看日出了。他看见我，叫我快过来看。东方已经有了霞光，很漂亮。我看了一眼，便激动得不得了。强子说到沙滩上去看更好，我们便出了门来到了沙滩上。

东方的天空有绛红色的光，横幅一样拉开，伸展出去，染红了天际。其实那光不是一道绛红色的光带，上方还有一道金黄色的光带，这条光带上方又是一条绛红色的光带，各种光在云层后面，彼此相交，相互酝酿，把东方的天空涂抹得漂亮有层次感，是一种贯穿山河的大气与美好。光带前方有许多云，这些云在高天上静悄悄铺展着。天空下，大海一望无际，海水在一浪一浪拍击沙滩，卷起一层一层的浪花，发出一阵又一阵的海浪声。渐渐地，沙滩上也映出了红光，天地辉煌，只能说太漂亮。想不到用什么更好的词来形容。

那天上的红光，不是静止的，一直在加深加浓，仿佛谁在云层后面，逐渐为天空涂抹色彩。

渐渐地，天空上如波浪状的云被染上了红色，这红色，由一团云逐渐漫上另一团云，而且仍在向远处的云上蔓延。天空中所有的灰云白云渐渐被染上了红晕，一批一批被染红，慢慢向后延展，继续晕染。每一片云都被染上了红妆，轻巧又浪漫。而且这光并没有停止蔓延，一直向远处的云朵上推送着，仿佛染了一片，发现另一片没有染上，继续向前推进，能感受到染色的速度是批量的。这时候，东方的天空更加漂亮。

177

整个天空像大画板一样，美极了。

儿子的另一个同学和对象也来到了沙滩上，大家都兴奋着激动着，但立刻又变得安静了。每个人都在静悄悄地用手机不停地拍摄着东方的天空，拍着满天朝霞。身边的美女忽然想起来，要在光影下把自己拍进视频，就叫上自己的老公，让强子帮他们拍摄。满天红霞，在天地间上演大片。我也让强子在这样美好的天宇下给我拍了几段视频。

要出发去市里了，儿子在泳池边叫我们上车，大家这才恋恋不舍地离开沙滩。路上，太阳圆圆地升起在东方，天地间一片金黄。想起刚才在沙滩上看到的那种美好意境，我的心里仍然有着满心的感动。

这几天，天一直阴着，天上云层太厚，日出的美景总是只看到一点儿。现在好不容易来个晴天，我们却要出发了，心里感觉有点遗憾。但想想刚才欣赏到的那种美好意境，又觉得有了安慰，知足了。

四十多分钟之后，我们来到了三亚市区。儿子开车把我送到住处，回去找他的朋友们了。我回到租住的小屋，感觉像回到了老家一般，有一种亲切感。

下午，我在家里休息，晚饭后我出去散步。一走进白鹭公园，便被震撼到了。不远处的临春岭公园上，竟然满山都是彩色的灯光，而且那彩色的灯光瞬间变化，由绿变蓝变红，变黄变白，把整个临春岭长长的山脊装饰成了一幅晶莹剔透的画轴。那光在山顶上此起彼伏延展，非常漂亮。我看着，痴痴呆呆入迷。临春岭长长的山脊上那几道彩光，远看毛茸茸亮晶晶的，像是山顶上下了一场彩色的雪，晶莹剔透，美好至极，不能言传。这些灯光，年前一直没有看到，估计是春节期间才有的。

今天，我从儿子的海景民宿回到了三亚市里，我看到了不一样的美好。早晨的日出和晚上临春岭上的灯光都那么漂亮，真让人陶醉。

我在圈里圈外的美好生活体验

2022年春节，对于我来说，是个非常难忘的春节。我有幸在三亚圈里圈外海景民宿住了一周的时间，有了许多美好的生活体验。

三亚圈里圈外海景民宿位于三亚市崖州区镇海村镇海广场附近。民宿的门前即是大海。院子里有碧蓝的游泳池，有秋千，有可收可放的白色遮阳大伞，伞下有桌子椅子。坐在院子里看海听涛品尝美食，眼前是碧蓝的泳池，是一望无际的大海，海上偶尔有船泊在海面，视野开阔，胸襟万里，仰天俯海，皆人间佳境。随便拍照，都是大片，美不胜收。

闲下来的时候，我去村子里溜达，发现镇海村是个桃花源一样安静美好的村落。家家户户住着小楼，小楼各不相连，高低错落。每家每户的院子里都种着青青葱葱的热带树木，有的人家院里院外种着三角梅，开得红红火火，格外艳丽。走着走着，还会遇见一些信步闲走的公鸡母鸡，叫人有种恍如隔世的感觉，仿佛来到古人文中描写的村落里。不同的是村子里充满现代气息，一幢幢设计各不相同的小楼，干净温馨体面。

我在一个个小巷子里闲步信游，发现家家户户院子都很大。人们在院子里三三两两聊天，或者一个人小酌，一副安然自得的模样。镇海村是一个省级文明村，村委会里里外外挂满了大红标语，里面有阅览室，有运动室，感觉这里管理有序，有章可依。墙上有标语：有时间做志愿者，有事情找志愿者。这是一个特别让人放心有安全感的地方。

村子里有一所小学，名叫镇海小学。我路过的时候，看见一名中年校工在打扫校园。学校的院子里有操场，有教室，有椰子树，还有开得格外灿烂的三角梅。

海边有一个文化广场叫镇海广场，正在维修中。旁边有一个篮球场，面朝大海，每天有人在这里打篮球，网上称为：最美篮球场。确实，这样的位置，得天独厚，让人向往。

镇海村村子不大，那天我在沙滩上遇见几个村干部模样的人，聊天中，知道村子有一千多口人。这是一个非常安逸美好有着慢生活的村子。三亚圈里圈外海景民宿就在这个村子的南边，紧邻大海，与篮球场和文化广场相距不远。

在村子里溜达一圈之后回到民宿，看着蓝色的泳池，一望无际的大海，心里会觉得人生格外美好。

民宿旁有菜园，有鸡舍，每当黎明，在鸡叫声中醒来，会觉得回到过去年代，有种朴素温馨的美好回忆。按一下智能开关，双幕窗帘徐徐打开，推开隔音玻璃窗户，一浪一浪的海潮声吹到耳膜，瞬间觉得生活再没有这样的温馨浪漫。

隔窗望一眼旁边不远的篮球场，常常会看到有人在那里运动。洗漱后，去沙滩跑步，呼吸新鲜空气，看着晨光在东方拉出长长的光带，听着海浪声，常常心空万里，无限惬意。

若是大晴天，会看到日出前天空中的光彩丰富变换，然后把满天的云朵，晕染上红衣一样的光彩，很有动画感。光一点一点为云朵穿上衣服一般，把一批一批的云彩染上红光，再为另一批着色，逐渐推进，直到满天云朵有了红通通的色彩，好看得让人痴痴呆呆，想奔跑想激动地呼喊。

海边常常有垂钓的人起得很早，他们仿佛在海边已经坐了千年万年，等着鱼儿来临，成为鱼钩上的美味。有时候，会遇见一些早起锻炼的人，在沙滩上运动回来，提着一些什么东西，上去咨询，他们会兴奋地告诉你，那是在沙滩上捡到的海蜇，很有成就感的样子，让人跟着一起兴奋欢愉。

2022年春节，我有幸在民宿住了一周的时间，有了太多美好的体验。每天早上起床，我最喜欢在海景民宿的拱形太阳门旁边坐下来，看东方的曙光一点点点亮东方的天空，听海浪声声入耳，看大海一望无际。可以什么都不想，就那么坐着，已经美好得让人难忘。

傍晚，在泳池夜光球旁边的台阶上坐下来，看西方的日落一定很美很美。因为过年这几天都是阴天或者多云的日子，天空中云层很厚，我没有看到日落，只看到别人发的视频，亦觉得十分美好。在夜光球旁的台阶上坐下来，我发现即使没有日落，一眼望去，近处是蓝色的泳池，水平如镜，远处是一望无际的大海，两个水平面都在眼前，很有层次感，与白色太阳门相衬，让人感到一种天人合一的纯净之美。

有时候，坐在泳池边的秋千上，荡出去，眼前是泳池水的碧蓝，是大海的灰蓝或者深蓝，天高海阔，悠悠地荡在天地间，这种美好，让人无限陶醉。

坐在院子的大伞下，如果能吃个西餐，吃些热带水果，喝杯咖啡，吹着海风，听着海浪声声，那又会是怎样的惬意呢？

2022年春节，我在三亚圈里圈外海景民宿度过了一个别样的新年，心中感觉非常幸福满足。

第五辑　回到城中

> 三亚市里有我租住的小房子，它已经成了我心中温暖的居所。

那些美美的事情

  早上去白鹭公园散步，想顺便看个日出，天气预报的日出时间是七点十二分。我起床的时候，已经七点了，麻利地收拾了一下，便出去了。下了楼，发现天上云层很厚，满天的灰云，我不再对日出有盼望。我走过商品街，上了步行桥，来到公园里。我发现早晨的时光真好，即使没有日出，即使满天灰云，也不影响我们拥有美好的心情。

  一群小鸟在一棵开着许多火红色花朵的树上清脆地鸣叫着，我的心霎时就想到了春天，难道三亚的春天也要来了吗？前一段时间，我怎么没有发现这一群欢腾鸣叫的小鸟呢？

  我想到了家乡的小鸟在春天里啾啾啼鸣的情景，心里不由得涌起一阵幸福感。再看看公园里那一群小鸟，在火红色的花朵中间啾啾鸣叫，仿佛在对着每一朵花唱着美好的情歌，不由得更加喜悦。怀着一种美好的心情，我继续向前走去。

  走着走着，我发现对面走过来一个用礼帽盛着花朵的男人，他喜滋滋地把花朵端在手中。我禁不住上前询问是什么花？那男人停下来很喜悦地告诉我，是木棉花。哦，我拿起一朵看了看，五个花瓣红彤彤的，整个花朵的形状仿佛一个娇艳的红喇叭，我闻了闻花蕊，没有什么香气。我早就想认识木棉花，没想到今天早上遇到了，仿佛见到了一个新朋友，我变得更加兴奋。原先我一直以为公园里那些火红色的花朵就是木棉花，后来用花伴侣 App 去识别，才发现那些花不是木棉花而是火焰花。

  昨天去陵水看房的路上，我看到了一些树，满枝红花没有叶子，正在想着什么时候有机会了，要请教一些专家，看这样的树叫什么名字。

　　现在我明白了，那就是木棉树。多年前我曾在文学作品里看到过木棉花的名字，但从没有见过。我一阵兴奋，问捧着花朵的大哥，捡这么多木棉花有什么用？大哥说那是药材，我问他在哪捡的？他说公园那边的地上有许多落花。他端着木棉花喜滋滋地走了，我也喜滋滋地向前走去，我要去认识一下木棉树。这时候我发现太阳不知什么时候已经突破云层钻出来了，正在公园的大榕树树叶间闪着金色的光芒，我赶快拿出手机去拍绿叶中间像捉迷藏一样藏着的金色太阳。拍完照片，我继续向前去，很快就找到了木棉树。木棉花落了一地，我捡起一朵，拿在手中仔细端详，五个花瓣翻卷向外，红得漂亮，花心里有一撮花蕊，是红色的，上面有许多棕色的花粉，花蕊周围还有一圈黄色的花蕊，包围着中间的红色花蕊。整个木棉花看起来很漂亮。花瓣下面的绿色萼片比较厚实，我拍了照片，仰头看看木棉树，发现上面的叶子比较稀疏，花朵却不少。这让我想起家乡的玉兰花来了，玉兰花是白色的，木棉花是红色的，玉兰树比较低矮，木棉树比较高大，这两种树虽然花色不同，但它们都是先开花再长叶子，一树的白色与一树的红色，同样叫人感觉与众不同。

　　其实木棉树与火焰树非常相似，不仔细辨认，还以为它们是一样的！仔细看会发现，火焰花树叶子比较稠密，花朵开得像一团火焰，花儿有点弯曲，与木棉花远看有点相似，近看却截然不同。

　　大自然真是一本丰富的大书。说不定什么时候就会给我们上一节别开生面的自然课和美学课，让我们感到大自然的丰富和神奇。这时候我们的心里是多么快乐和充实。

　　写这些文字的时候，我忽然又想起了昨天夜里在白鹭公园欣赏云朵的事情来了。

　　晚饭后，我在白鹭公园散步，走着走着就站在了白鹭湖边。白鹭湖水平如镜，有灯光打过来非常漂亮，红树林安安静静，远处有音乐声传过来，天空下仿佛有了一个梦一样的意境。最妙的是天上的云朵，一大朵白云与另一大朵白云簇拥着，仿佛一对好朋友，在暗蓝的天空上极其舒展地移动着，眨眼间就变化了形状，变成了一匹奔驰的骏马，马上有一个飞人骑士，看着看着又变了，变成了一个乌龟在空中飘着。云朵很低很轻盈，白白的很松软，看着看着又变了，变成了一个向前飞着的大燕子，二月春风似剪刀，剪刀一样的燕子飞着飞着又变成了一只白兔子，领着一堆小鸡崽子，那云朵极其轻极其柔，是海岛上空特有的松软模样。

看着看着整个人仿佛进入梦境，天上地下都很唯美，椰子树的大叶子印在天空上，像云朵长出了羽毛一样的翅膀，看着看着我发现月亮不知什么时候从云朵里露出来了半个脸。天上有一层一层的云在游走，走得很快，仿佛去赶大集。我就那么在白鹭湖边呆呆地看着，看得云朵都仿佛羞怯了，要躲藏去了。远处的临春岭公园静悄悄的。前几天还在明明灭灭放着光的彩灯不见了影子，山后面涌出来一团大羽绒被子似的云朵，从东到西非常庞大，一点点向白鹭湖这边移动着，仿佛觉得云朵和月亮该休息了，要把它们都盖上，让夜空变成一个安静松软的大床。

我看看它真的要把公园上空的云朵和月亮都盖上了，它有那气势。我回过神来回家去，走过步行桥，走过商品街，我的心里留下了海岛的夜的静谧和唯美。

今天早上起来去公园，我发现云朵果然把天空完全盖上了，云层满天。不过后来呢，太阳还是从云层后面钻出来了，它有一张热情的脸，金灿灿的，让云朵也不忍拒绝。

我在白鹭公园里走着，满眼都是热带雨林大树，榕树的叶子盖住了天空，雨树的叶子一片翠绿。春节期间，我在海边住了一周的时间，现在又回到白鹭公园来了，这里的一切都那么熟悉，那么安慰我的心怀。

我忽然想起来我的住处阳台对面的大树来了，那一天我刚从海边回来，特别想在阳台上坐一会儿，我搬了凳子就那么坐着，一个人面对着阳台对面的大树。

那几棵大树，我再一次百度了一下，叫垂枝榆树。大树有二十多米高，树的主干只有三四米，上面的叶子枝杈很长。每一枝都向下垂着，仿佛垂柳的样子，温温柔柔的，只是叶子与柳树大不相同。柳树的叶子如眉毛一样清秀细长，垂枝榆的叶子油黑浓绿，叶形比女人们漂亮的大眼睛还大，是椭圆形的，满树绿叶，风一吹，飘飘摇摇，悠然自在，看着看着人就会变得痴痴呆呆。看着看着，我就想，这个时候，如果我在家乡，许多树的叶子还都没长出来，天地间空落落的，我一定还在盼望着春天呢！而现在，这个春节，我在三亚过着多么奢华的自然生活，南海之滨的热带植物花红叶绿，这样美好，是多么让我满足！

我喜欢这样子过自己的生活，我心里特别感恩，我远离了北方的寒冷，远离了困住人们自由出行的疫情，过着自由自在热情如夏的海岛生活，我喜欢这些美美的花草树木云朵和光影。一朵花，一片云，一些绿叶，都叫我感觉幸福。

天转星移的美好夜晚

　　中午我忽然想起来买机票的事情了。因为，我租住的房子再有两周就到期了。日子过得太快，如果有合适的机票，我就可以决定住到什么时间回去。如果买了机票，回去的日子定下了，我也不用再考虑这件事情了。

　　可是当我打开购买机票的界面去看时，却发现机票价格都很高，便宜的需要转机。因为疫情转机也许会多出许多麻烦，我不想选择转机的机票。

　　看来看去，也没有合适的机票，回去的时间也就没有确定下来。我想，若是到期了，再延长租房的日期，多交个半月二十天的房租吧。

　　这个时候，在三亚居住，正是舒服的季节，不冷不热，体感舒适。住着住着就不想回去了。若不是因为要装修房子，我还真不想走了。也有许多人住着住着就开始看房子了，想在海南买个房子。昨天，我也凑热闹，和一个在教会认识的姐姐去陵水看房子，了解了一些房子的行情。虽然我没有在陵水买房的打算，但了解了一些陵水的情况，开了眼界。

　　海南确实是一个不错的地方，一想到很快就要回去，心里还真的挺不舍。晚饭后，我去白鹭公园散步，脚步很慢。我一边和公园的雨林大树默默对话，一边看天空白云横穿海岛天空，这里真是一个美好的地方，会让人格外留恋。

　　白鹭公园里有许多热带雨林大树，每一棵大树都那么气宇轩昂，让人敬仰。大榕树自不必说，密密的绿叶组成了一个硕大的树冠，蘑菇一样有趣，枝干上有无数流苏状的气根，更是让人感觉别致。雨树树冠硕大，像一个绿色的平台，细细碎碎的叶子印在天空上，即使是夜里也感觉浪漫美好。

白云横渡海岛上空，低低软软，跑得很快，星星晶亮，天空暗蓝，明明是云在跑，看起来却像是天幕在转，星星浮在空中，宝石一样漂亮。在公园里走着，我的头一直向上仰着，白云一阵阵飞过，即使是夜里也看得逼真，白白的软软的绵绵的，极其唯美舒展，让人想抱来一堆放在公园的草地上，当作地毯躺上去，那感觉有多美呢？想想就让人陶醉。

也许是想到租房快到期了，这几天，我放慢脚步，总是在用心体味着海岛上的一切。树的丰富，云的美好，星星的浪漫，夜的安然，这一切都让人珍惜。

这是一个多么美好的夜啊！跳舞的人在音乐里沉醉着，乐曲悠扬，传到很远的地方。奔跑的云朵仿佛听见了，有时候会驻足停上片刻，更让人感觉世间单纯的美好，多么让人留恋！

我一边在公园里走着，一边仰着头，想把这美好的夜色记在脑子里，带回家乡去。

海岛的天空太纯净，海岛的云朵太别致。那些云朵那么松软，低低飞行，有时候遮住了月亮，也遮住了星星，我的心也让它遮住了，像放进了海水里一样。

这样想着，我走过临春河的步行桥，走过商品街，走向我的住处，心里如水一样，流淌着诗情画意的美好。我不知道何时我才会买到理想的机票，我好想什么都不想。但我又知道，我终究还是要回去的。那么，多珍惜吧。这些美好的日子啊！

西线看房子去

说来好笑，昨天夜里，我又报了一个免费看房子的小团队，我想去看看乐东那边房子的行情，顺便也看一看尖峰岭龙沐湾最美的落日海滩。

早上七点多上车，我发现我是第一个上车的看房人，小中巴的皮椅子比前几天去陵水的舒服。坐着小中巴，我开始跟着导游在市里接人上车。也算是欣赏三亚市的街景了。虽然我也扫过单车骑行过三亚的许多地方，但现在什么也用不操心，就可以在市里的大街小巷来回穿行，再一次感受这座城市的道路、河流、雨林、街景，还是很惬意的一种感觉。我不会像有些客人发出抱怨之声，我享受这个过程。我把这个过程当作在三亚市的旅行，也就是说从上车的那一刻起，我已经开启了自己这一天的旅行，这样想多有意思呀，我在心里暗自笑出声来。

今天的小中巴是新车，我坐在司机后边的窗户边，一些熟悉的街景在眼前一一出现。比如红树林国际会议中心，我因为在这里住过，又来这里看过文博会，总是感觉亲切。比如有轨电车的各个站点，我因为全程体验过，感觉非常熟悉。比如很多地标名字，一一出现在眼前，让我感觉像复习地理书一样好玩。

今天看房的人并不太多，终于接齐了各路人马，我们要出发了。有一个惊喜，就是我遇见了一个熟人，这个熟人是我去西岛旅游时认识的。她在武汉工作，然后退休。她的老家在河南，是我的老乡，我们加了微信，但因为住处较远，并没有约定一起去看房，然而她上车的时候我一眼就认出她来了，她也发现了我，惊喜万分地坐在了我的旁边。一路上，我们有了很多的交流，她比我大两岁，我叫她姐姐。这样的出行真有意思！

我们聊上次分开之后各自的旅行，聊我们在三亚的各种心得，比专门约了出去还快乐。车窗外不断变幻风景，一会儿青山，一会儿田野，一会儿路边有漂亮的木棉花出现，我们便转移话题，后来聊起了路边的热带水果，看到芭蕉树我们会聊一阵子，看到火龙果又会聊一阵子，不知不觉中一个多小时的行程过去，我们来到了乐东的龙沐湾附近。

车子开进丹村，我们去看房子。

房子周围的环境很安逸，室内设计各不相同，样板间与市里的房子不能相提并论，但住在乡间过着安逸的小生活，享受着海岛上的空气山川雨林的滋润，也是很不错的。

我一边随着看房的人参观交流，一边关注周边的环境。比如一进入院子，我就发现几棵树，树不高，但结着一排一尺多长的大扁豆，让人感觉稀奇。我在网上百度了一下，资料显示叫腊肠树，导游却说叫樱花树。大自然真是太奇妙。我拍了照片，在树下合了影，感觉自己又开了眼界，来看房子，同时又上了一节奇妙的自然课。

我们在丹村新村老村都看了房。车上有人看中，导游很是开心，带我们又去镇上走了一圈。我们在路边买了几个火龙果，才两块五一斤，市里过年五元一斤。我吃了一份儿小吃，第一次吃沙县的蒸饺，味道还不错。

饭后，导游带我们来到了附近的龙沐湾最美落日沙滩。我们在这里游玩拍照，时间虽然短暂，但也留下了影像，非常快乐。

龙沐湾的沙滩挺长，视野开阔，景美人少，正值午后，天蓝海蓝，如一帧画幅。

这是海南岛西线的一个海湾，海滩上有最美落日海湾的字样。年前的旅行，全在东线和中线，此次看房，风景在路上，等于了解了西线的一些情况。虽然只有大半天的时间，但看了风景，了解了房子的行情，体会了"候鸟"们留恋海岛的各种想法。

确实，冬天的海南岛风景优美，温度适宜，人们在这里住着住着就想留下来，买个房子，每年都可以来住上一段时间。如果条件允许，真是不错的选择。

我和他们一样，喜欢这海岛上的生活，看房子的人大都是这样的心理。我把免费看房子当作了旅行，既了解了一些房子行情，也欣赏了不同地方的风景，在心里窃窃地欢喜，还遇见了一个在海南认识的朋友，非常开心。

回去的时候，在路上我们看到了一段很高的山岭。导游介绍那就是尖峰岭，海拔一千多米，说买了房子的人有空了可以去爬爬山吸吸氧，山下有环岛高铁站，叫尖峰岭高铁站，交通也方便，到海口一个多小时，到三亚会稍微快一点。真是快乐又难忘的一天。

此间功课

早上去白鹭公园里跑步,跑着跑着发现一棵大榕树后面有几棵树,很奇怪,我停下来,到树下仔细欣赏。树上长了一嘟噜一嘟噜的长果子,两头尖尖中间粗,半尺多长。树上几乎没有叶子,树枝上挂了许多这样的果子,我在白鹭公园玩了这么久才发现。

雨林大树之中实在是隐藏了太多的秘密,而且随着一次次出去旅行,我在海岛上认识了更多的植物,在白鹭公园里几乎都能找到。原先我以为公园里的树,种植非常随意,现在才发现,每一棵树都是人们精心栽种的,而且不同的品种,在公园里几乎都能遇见。我没有认识它们时,只道是寻常。其实呢,它们有的来自非洲,有的来自美洲,很多都是跨洋涉海引进来的品种。

这样想的时候,我对白鹭公园的每一棵树都开始刮目相看。我用花伴侣App识别了一下眼前的大树,名字显示叫作吉贝,别名美洲木棉。它的长梭形果子挂了一树,实在叫人觉得奇妙。中学时,我爱学习植物,对植物情有独钟,所以现在无论走到哪里,有不同的树、不同的花,我都会关注。就像喜欢新朋友一样,我对植物很有感情,遇见这样别致的大树,实在是开了眼界。放眼望,这样的树,还有几棵,都挂着许多果子。树皮是灰白色的,开裂的地方显出青绿色,就像非洲人喜欢热情似火的彩衣一样。这种树我第一次认识,而且就在我几乎每天都要路过的地方,我竟然没有发现。也许是榕树的大树冠遮住了它们,我从外面瞅瞅,它们还真像深闺藏娇一般。

我一次次在心中感叹自然的奇妙,一次次举起手机拍照,感觉拍了足够的资料之后,方才继续我的跑步。

　　在公园的另一边,我发现我还是对每天都能见到的许多树很感兴趣。我记不住它们的名字,但我会一次次举起手机去识别,有些树很相似,但分明不是一种树。我举起手机去拍照,分辨一个叫作雨伞树的树。这种树主干高且直,树枝像伞骨一样向四周伸开,叶子小而细碎。它的树形与伞的样子实在太像,就像一把打开的树伞。这棵树叶子细碎翠绿,样子别致,叫人感慨自然的丰富与奇妙。

　　我在公园里跑了一圈,跑着跑着,我就会被公园里的植物吸引住,停下脚步。我感觉大自然每天都像在给我上自然课,我总是感觉有趣极了。

　　晨练结束回去的时候,我在路边看到有人在卖鲍鱼,我用十元钱买了三个。中午,我做了米饭,炒了鲍鱼青蒜,剥了一个咸鸭蛋,炒了西红柿,味道不错。吃着美味的时候,想到再过一段时间就要回老家去,吃不上新鲜的鲍鱼了,心里更觉得当下日子的珍贵。

　　昨天在乐东买的几个大火龙果,我切开了一个享用,那甜甜的味道真让人满足。下午我去三亚市图书馆看书,穿过白鹭公园,在榕树下坐着,休息了一会儿。我在椰子树下帮陌生人拍了照片,请别人给我在图书馆的台阶上拍了照片。此间岁月,每一天都像在给自己上丰富的心灵功课。临近回去的日子,想一想就觉得每一天都非常珍贵。

　　我在图书馆过了一个安静丰富的下午,感觉日子过得滋味悠长富足。

　　早上的自然课,中午的美食课,下午的阅读课,让我在海岛上的日子丰富多彩。我真想扎下根来,不想离开。我觉得每一个日子都值得好好记录。这是多么美好又新鲜的岁月啊!

　　在我这样感叹的时候,天已经黑了。习习的凉风从窗外吹到图书馆里,我抬头看看,还有许多人在学习。城市的外面那么喧嚣,而图书馆里却安安静静，灯火明亮，我在这甜蜜的安静里感到实实在在的满足。

晚上和大女儿聊天的时候，知道她的预产期在阴历六月底。我的心中马上就有了想回去的意念。新的一年，我要升级了，许多事情在等着我，我只有好好珍惜当下的日子，当下的岁月，我不想让生命里美好的时间白白流逝。我在三亚，仿佛开启了自己人生新的功课，此间的岁月，每一天都让我深深留恋。

五指山的诱惑

三个月的租房期将要到期，我在心里更加珍惜在海南的日子。想想五指山我还没有去过，便报了个旅行团。

早上六点集中上车，我记错了时间，在五点五十分才起床，洗了脸，慌里慌张换了衣服，在楼下买了些吃的，便急匆匆去上车了。

天色还未大亮，第一次出行迟到，挺不好意思。路上同伴电话催我了两次。及至上了车出发，已是六点十分。

大巴车穿过夜色中的三亚市，开始奔向城外高速。走着走着，暗沉的天色渐渐发亮，最好看的是东方的天空，一点点出现曙光，一点点亮出新鲜的光彩。

今天的东方云层比较厚。但云层后面的光，依然穿过缝隙，在天空拉出长长的光带，不是金红，而是浅黄与粉白。大巴车向前奔驰着，窗外的花草树木旋转后移着，我坐在窗户边，看着晨光铺满天空，感觉什么也不说，就已经非常美好。

进入五指山，便望见远处有一团一团的晨雾，仿佛在移动，如仙境一般。

初入山中，车窗外有许多槟榔树，那整齐的小模样，总给人一种中规中矩的感觉。不管是路边还是山上，到处都是绿色。及至坐上电瓶车来到观山平台，更觉得像进入一个绿色的宝库，到处都是翠绿的颜色。五指山的山峰在远处，锯齿一样排列。恰如人的五指指向天空，白云悠悠飘在山头，山青云白，无比秀丽。

从观景台进入雨林栈道，发现里面有许多大树遮天蔽日，不见阳光，只见绿荫。树高得离奇，树叶格外养眼。走过许多地方，看过许多地方的大树，但在五指山，还是感觉这里的树非常独特，让人震撼。

这里的树种，特别丰富，大得超乎想象，绿得也叫人感叹。也许这里阳光温度太适合植物生长，一棵棵大树葱绿无比，叫人仰视。三角枫树直通通高入云天，笔管榕树大得不能形容，树枝上面长出兰草，一簇簇兰草被称为空中花篮，大树身上斑驳生出绿苔。重阳木高大粗壮。木棉树也高入云天。一丛丛绿竹挤挤挨挨，密不透风。还见到了木瓜树，一个个木瓜仿佛一串串绿色大灯泡挂在树干上，很有意趣。叫出名字的叫不出名字的树，长满山谷和高台。

虽然是个大热天，阳光灿烂，但山中很清凉，只见绿荫不见天空。在山里行走，如行走在绿色的长廊里，沿着木栈道向山中走去，走着走着就听到了水声，山谷里有小溪潺潺流着。一边看风景，一边听山里的音乐，仿佛置身一个绿色的梦境里。山中水渐渐增多，有木桥小亭，各种大树小树，把山谷长得满满当当。

里面有太多我们不认识的植物，长着奇奇怪怪的样子，让人大开眼界，满心欢喜。有的树上挂着牌子，我们停下来研究欣赏，比如菲岛算盘子，我们一边看名字一边欣赏这些树的奇特之处，感觉像在大自然这本丰富的大书里学习植物这门功课。中学时我对植物情有独钟，非常感兴趣，此时仿佛走进了一个植物大课堂，有种亲临实地学习植物课的感觉。

沿着雨林栈道走了一圈，不但看到了许多奇异的树种，增长了许多知识，而且在山中听泉台暂坐休息，感受山中泉水叮咚的优美旋律，享受着山中清新的空气滋润心肺，很是惬意。

山中有小桥，有水满亭、月满亭、凤满亭的小景，走着看着，如在一部绿色的电影里徜徉着。进山时台阶向下，回去时向上攀登，走走歇歇，拍拍照片，心满意足。

五指山真是一个植物的宝库，里面的植被特别丰富，热带雨林青葱美好。山里的水是许多河流的发源。这里有山有水有茂密的雨林，有形如五指的山峰。

沿着栈道回到观景平台，回望五指山最高峰，蓝天白云下如一幅画一样漂亮。觉得此行不虚，非常值得。

来时在车上，导游曾说，有一句老话是不到五指山不算到海南。在山中走了一圈出来，再想此话，感觉确实有道理。

五指山位于海南岛中南部腹地，因山上有峰如人的五根手指得名，峰秀林美，确实是个好地方。

山间有许多小吃，上车前，我买了一杯甘蔗汁，特别甜。在山中走一圈出来喝上半杯，感觉酣畅至极。有许多烤鸡蛋的小摊，我买了一个，味道别致。

回去的时候，大巴车在半山公路上奔跑，下面是深深的峡谷，谷中有水，有许多小橡皮筏在漂流，人们在体会玩水之乐。

我爱五指山。路上听到有人唱起这首歌，想一想，我也挺热爱。每次出行，我都当作学习。回去的路上，在海棠湾附近的高速路旁看到许多吉贝树，就是那天在公园里看到的，因为有了了解，我在车窗里看到，是一种惊喜，仿佛遇见了老朋友。那段路上还真不少，有百十来棵呢！

读万卷书，还要行万里路。每次出行，在路上，都有想不到的遇见与收获，真让人欢喜。

到海口去

2022年情人节这一天，我忽然想到海口去。其实也是想坐一下环岛高铁，感受一下海岛美景。早上五点钟醒来的时候，这个意念出现在脑子里，我麻利地起了床，简单洗漱，然后出去买了些吃的东西，用袋子提着，扫了一辆单车，便奔向了河东路。过新风桥，我一路向着有轨电车新风站而去。远远看见电车驶过路口，去向终点站方向，我便放慢了速度。在新风站我锁了车，等有轨电车开过来，顺便也吃了带来的油条鸡蛋，喝了豆浆。

是有点仓促。其实前几天我就有了想法，只是想到情人节，一个人在家待着没意思，就临时做了决定，想到海口去。早上起床，到达新风站六点五十分。天阴着，城市还在朦胧的夜色中，未完全亮起来。

七点二十我到达三亚火车站。去售票窗口咨询，有票，便买了。其实我是抱着随意的态度，有票就去海口，没有票就返回三亚。很幸运，我买到了七点五十八分去海口的车票，不用等待太久便可以出发。

候车不久便开始检票，我很快上了高铁，准时出发。高铁过了市区，一路奔驰，我心中涌起一种很幸福的感觉。坐在窗边，想到到达海口我要去骑楼老街，便在网上搜了一下海口东站到骑楼老街的公交线路，甚至连回去时从骑楼老街到海口站，从西线回三亚的公交路线都查了一下，然后把它们截了图，就像做好了一切准备，我不再操心路上的事情。

放下一切情绪，我开始欣赏窗外风景。当然自拍一些照片视频是少不了的。我喜欢记录生活，这是基本动作，绝对没有什么炫耀的意思。

我只是想记录某年某月某日我在哪里，什么情景与心情，仅此而已。再一个，生命没有回程，是一场现场直播，记录生活在我看来极其重要，是金钱也买不来的特别有价值的生活。

真好呀，我开始暗自欢喜。再有十天，租房到期，我想到海口去只是个想法，不知道怎么出发。今天，我稀里糊涂就坐上了环岛高铁，这么顺利，怎能不喜悦！而且今天是情人节，我一个人在市里看着别人发美图，不如奖励自己一次旅行。这创意太美妙了，而且我实施成功。

一路上我看窗外美景，我拍每个站点的标志，我心里涌起一阵又一阵欢乐的心思和意念。

是个阴天，空中灰云密布，但也不影响我的喜悦和满足。我看窗外的山，山上的树，远处的海，近处的农田。庄稼，椰子树，槟榔树，认识的不认识的各种热带雨林树种——在眼前飞过。那种体验，真是让人欢喜满足。

九点四十五分，我到了海口东站。十点半我打车来到了骑楼老街。本来我准备找公交车，海口正下着小雨，等车的时候，一个美女过来建议我打车，我便打了车来到了骑楼老街。

没有想到海口挺冷。也许是下雨的缘故，下了车我冷得受不了，赶快拿出包里的围巾当作披肩披在肩上，感觉好了一点。我在骑楼老街的入口下了车，付了十三元车费，进入骑楼老街去参观，一下子就非常喜欢。

喜欢那样一种古朴又洋气的氛围。我沿着水巷口向前，像进入了一个建筑的迷宫。我看到一个景点一样的街口，设了防疫检查。便径直向前去，想先看看周围的环境，再回过头来这里参观。后来我发现我走的是博爱北路，这条路上的骑楼很古朴，没有大的修缮，墙面斑驳，很有沧桑的年代感。路上人来车往，电动车、自行车、汽车都可以自由往来，完全是生活区的状态。旁边有许多巷子，有着古老的牌子，什么少史巷、打钱巷、东门市场、西门内，让人感觉仿佛回到过去的年代。不同的是巷子口，做生意的人不是古人。也许到了元宵节，一家挨一家都在做汤圆。还有卖糯米糕的，我毫不犹豫买了一个带着福字的红糖糯米糕，糯糯的口感甜甜的味道，叫人欢喜，仿佛岁月给的奖赏。

街道旁骑楼一幢连着一幢，高高低低，各不相同，上面有女儿墙，有木格窗，有雕花，全是浮雕，很有立体感，看着古朴又漂亮，感觉非同寻常。

在博爱路上走了一趟，折回去。来到了刚才看见的设了防疫点的那条街道，后来知道这条街叫中山路。这条路为步行街，两端都有石堆拦挡，骑楼门面都有新的粉饰，看起来又沧桑又漂亮。

一进入中山路，就看到许多过去的银行，什么中央银行、中南银行、交通银行、农商银行等。向里走，看到过去社会的整个缩影，药店、邮局，甚至中国共产党万岁的水泥标语都还在。

骑楼老街的沧桑感极强，每栋楼的窗户别具一格，下面多是长方形木格，上面是拱形。楼顶花雕漂亮，有着别样气质，越看越爱。楼下向着街道一边，有走廊，家家相连，下雨时可以防雨，天晴时可以防晒。从外面看，一楼仿佛向外骑跨出去，所以叫作骑楼。

骑楼是过去年代人们下南洋回来建造而成，有着南洋风格。骑楼老街区域挺大，有六百多幢楼，好几条街。大部分街道都可以通车，人们如生活在过去的老时代。

中山路步行街，算是精心打造的重点景观区，里面有民宿，有餐饮，有商铺。一边欣赏骑楼，一边可以买些吃的玩的。我在骑楼老街吃了一碗清补凉，感觉味道甜美可口。中山路上还有非物质遗产展示馆，我进去欣赏，在楼上感受这里的文化和历史。

走累了，在邮局旁边坐下来，小桌小凳上方有一句话：从前慢，一生只够爱一个人。这里特别有慢生活的氛围。

这一次，我一个人来海口，没有跟旅行团。没有别人催促，我足足地在中山路逛了几个小时，走了好几个来回，进了许多小店，拍了无数照片，在周围的几个街道逛了又逛，很是喜欢。尤其是那楼上的窗，木质的，一格一格，上面呈圆拱形，窗户打开着，仿佛传递着骑楼的优雅与美好。楼上的浮雕花，非常漂亮，使得骑楼时尚洋气中又极其秀美，让人感到一种非常讲究的生活追求。虽然经过岁月的洗礼，有了沧桑，但依然掩饰不住那种华贵的气质。每一栋骑楼都有名字，印染房，远东公司，看看这些名字就可以想象当时骑楼老街里的繁华。

从上午十点半一直到下午两点半，我在骑楼老街徜徉了近四个小时之后，才依依不舍地离开。

中午我吃了一碗广德馄饨，才十元钱，口感不错。在骑楼清补凉吃了一碗清补凉，十五元一碗。带着满满的收获，满满的欢喜，我坐公交去海口东站，准备回去。

每到一个地方，我都喜欢坐着公交逛一圈，体验一下城市的真实生活。一个多钟头以后，我到达了海口东站。

我去买了票。走西线要三个小时，时间已经不早，我只好又买了东线的票，五点三十八分坐上了环岛高铁，回三亚去。

这一天，天一直阴着，还下过小雨，海口天气有点冷，但给我留下的记忆却是欢乐温馨的。

七点多钟我到达三亚火车站，扫码花三元钱坐上有轨电车，一直坐到终点站建港站。下车，扫了单车，骑行回去。三亚大桥彩灯闪烁，极其唯美。我沿着河东路一路向西，来到了车水马龙的商品街，过港华水果街，回到港门村我的住处，给海口之行画上句号。

这一天是2022年的情人节。我在海口老街徜徉了几个钟头，完成了自己的又一个心愿，感觉这个情人节过得欢喜又充实。

难忘正月十五元宵夜

看别人在抖音里发的视频,我知道三亚国际红树林中心有许多漂亮的红灯笼。下午,我写完游记之后便扫了一辆单车,想到新风站去,乘有轨电车到红树林去看看。

骑行至新风站时,看到前面不远处的大海我动了心,想去看看。又想到那一天我知道了解放路步行街就在附近,也想去看看。

锁了单车,我先去解放路步行街。对我来说,我的这些想法做法,都充满新奇的味道。我在内心里把它们当作旅行的一部分。

来到解放路步行街,我发现街道挺长。中间卖玉石美物,两边是商店。我从这一端走到那一端,折回来,上二楼去,看了看卖衣服的卖鞋子的,比鸿洲码头服装城有档次,我的心里便很欢喜。

我看了一些店铺,下楼来。发现入口处有一个卖清补凉的小店,还算有品质,便上前去询问,然后要了一份。椰奶里面的东西很丰富,有多种水果与五谷。我找了个地方坐着一点点吃,觉得这才是自己应该有的生活。一份甜品,有时候真的能让人感觉生活美好。何况清补凉是三亚的特色小吃,我一直都非常喜欢。正月十五来一份清补凉,我感觉很有过节的气氛。

吃完清补凉,我发现手机的电不足了,便扫码借了一个充电宝。给手机充上电,想逛逛楼下衣服,发现一件T恤挺喜欢,便试穿起衣服来。试好了,想给老公也买一件,夏天出去穿一样的衣服,是不是挺有意思。我忽然来了童心,买了两件宽松式的T恤。

试了一晌衣服，看看手机也充得差不多了，就付了款，还了充电宝，提着衣服走出步行街。有轨电车还没有来，我很想到海边去溜达一圈，就沿着新风路走向三亚湾路，几分钟的时间我便来到了沙滩上。许多人坐着听海浪声声入耳。我安静地坐在夜色中的沙滩上，看海上灯火点点，看海水在灯光中一浪一浪轻轻涌向沙滩。应该是满潮，海浪很温柔。我在夜色中欣赏了一会儿大海，想到还要去红树林，便转身离开了。

　　正月十五，我在解放路步行街吃了清补凉，买了衣服，又来到了海边打了卡，心里很满足。

　　去红树林国际会议中心，我坐在有轨电车上，很悠然地路过一个个站点，在水城站下了车。

　　果然一进入红树林，各种灯光便映入眼帘。台阶下的蓝色灯光散发着诗意的色彩，美食街的红灯笼像一片耀眼的红色海洋出现在眼前，霎时间就叫人觉得心神愉悦。有电动小火车，上面坐着大人和孩子，发出咣当咣当很有童趣的声音在行驶着。红灯笼映红了每位游客的脸庞。许多人拿着手机在拍照，我也一样，一边拍着红灯笼一边向前去。

　　长长的美食街，像一条红色的荡漾着喜气的河流。街道两边是各种大排档，小吃摊，人们热闹又喜气地享受着美食。向里走，有琵琶和古筝的声音传来，原来有两名年轻的女子身着古装在一幅唐宋雅集的彩色画屏前演奏乐器，周围有许多欣赏的人，还有一些人拿着手机在拍照。有时候人挤人挨，旁边还有做糖人的艺人，电动小火车不时响着咣当咣当的音乐过来又过去。有许多年轻人身着唐装汉服，手提灯笼，在附近走来走去。一时间，竟给人一种穿越到古代的感觉。

　　红树林美食街的灯笼形式多样，有圆的、扁的、长的、不规则的；颜色也非常丰富，红色居多，绿的、花的、黄的、粉的、蓝的，也漂亮至极，令人仰面拍照，不停地在心里赞美着。

　　天上地下都是一种热闹又温馨的画面。

我在小街上走来走去拍了许多照片和视频，感觉这个夜晚过得实在有意思，就像来到了古人描写的元宵节场景里，浪漫又诗意。

离开的时候已经九点，我坐了有轨电车回去。在建港站扫了一辆单车，穿过三亚大桥，沿着河东路回去。河水正满，三亚桥的彩色灯光与三亚河两岸的灯光相互辉映，照在宽阔的三亚河面上，非常漂亮。

这是一个让人难忘的正月十五元宵夜，我想去看灯展，很率性地做到了。还吃了清补凉，买了衣服，心里美滋滋的。我对三亚这座城市不再有陌生的感觉。一切仿佛驾轻就熟，我穿行在三亚的大街小巷，领略着这座城市的美好，对自己追求新生活的状态非常满意。

杧果园采摘去

特别想去看看海南的水果是怎样在树上成长的。可是，我发现没有采摘的行程。正在微微失落的时候，一个旅行团发出了采摘的行程。是首发的采摘团，在陵水的果农庄园采摘杧果。二十元团费，说有两个购物店。有购物店就有购物店吧，在回老家之前，我想去一次海南岛上的果园，看看原生态的果园是什么样子的，满足一下自己那小小的好奇心。

第二天，也就是正月十六的早上，七点零五分，我们在山水国际站点上了车。我的旁边坐着一个姐姐，一路上我们有很多交流，她是哈尔滨的，已经六十五岁了。聊起家庭情况，她说自己的儿子哈工大毕业，在澳大利亚定居。儿子已经有了三个孩子，是搞房地产的，有自己的公司。因为疫情，有三年没有回来了。

我发现比我年龄大一点的姐姐们都比较智慧，说话也比较坦诚，能很好地交流。我们在一起，总是感觉很舒服。

所以每次出行，除了看风景，我也喜欢认识新的旅伴，仿佛朋友一般，每个人都是一扇窗户，总能让我有不同的人生感悟。我已经很享受这样的出行了，哪怕有购物店也没有关系。每个人面对出行路上的问题，大家的看法不一样，这也是一种学习。

没有想到的是，我们去了两个购物店之后，又来到了亚龙湾国际玫瑰谷。玫瑰谷是我喜欢来的地方，再来一次我也不嫌多。跟着导游听他讲了许多玫瑰花的知识，拍了一些美美的照片，在这里有了一些休息的时间。

午饭后，我们去陵水的果园采摘杧果。这是我此次出行的重点。只是我没有想到，在这里停留的时间并不长。因为很多人觉得杧果价格太贵，没有采摘。而导游看到这样的情况，便早早安排大家回去。

不过，我还是有了许多记忆。风景在路上，大巴车驶向果园方向时，我便从窗户看到了大片的果园。进入杧果园，我更是兴奋得不得了。杧果树并不高大，如家乡的桃树一般，没有桃树树杈那么多。杧果树的叶子与桃树的叶子有点像，只是桃树的叶子细长，叶片薄一些，杧果树的叶子厚，也比较大一些。杧果树上面的杧果一嘟噜一嘟噜垂下来，有硕果累累的感觉。每个贵妃杧都红彤彤的，像抹上了极浓的胭脂，艺术品一样挂在杧果树上。

第一次看到杧果树，我兴奋得不知道如何形容。想摘果子，发现大多数果子都硬邦邦的，虽然看起来红彤彤，但是还没有熟透。我看见一个美女蹲在杧果树下，剥了杧果皮吃杧果，我也去树下面找了一个熟透的杧果品尝，香香甜甜的滋味在嘴里蔓延开来，我很是喜悦。新鲜的杧果汁水特别多，是长熟的，不像北方市场上卖的，是没熟透就拉过去的。我吃了一个嫌不过瘾，又找了一个，大口地吮吸着汁水。那些外皮又红又黄的杧果是真的在树上长熟了，味道极美。我吃了两个，意犹未尽。

很多人在拍照，我也拍了一些，拍着拍着，许多人被果园的主人叫去外面品尝杧果了。我想采摘，便在杧果园里继续寻找熟了的果子。

每棵树上都挂着一堆一堆的杧果，挺大但大都不熟，我找了一晌只寻得几个。

很多人嫌价格高，品尝之后也不采摘了，导游只好安排人们上车。我看看杧果熟了的不能寄走，不熟的又不想要，我也快要回老家去了，不能摘多了，所以就买了几个品尝。

确实果园里的杧果比市里水果街的价格要贵，所以大家的心情我很理解。知道了杧果园是什么样子的，知道了杧果如何长在树上，还在树下品尝了杧果，我知足了，提着自己采摘的果子，我跟着大家上了车。许多人问我多少钱？摘了几个？我一一作了回答。

想知道杧果花的样子，我在网上搜了一下资料，杧果的花与桃花一点也不相同，是顶生的小花，瓦状排列。虽然如此，但走在杧果园的感觉与走在桃园的感觉挺相似，满树红果，一心喜悦，一幅丰收的情景。只是桃子没有细长的藤，杧果则是一嘟噜一嘟噜吊在长长的细藤上，非常多。

那些滋养过我的美食

　　早上去白鹭公园晨练，半路上下起了小雨。我没有当回事，因为三亚的雨就是这样，有时候走着走着就下起了毛毛细雨，走着走着不知道什么时候雨已经停了。那时候多半是头顶上有一些厚厚的云，云朵飘走了，或者我们离开了云朵，走远了，雨也就没有了。可是今天的雨好像不是这样，竟然越下越急了。我的心里正在犹豫要不要上步行桥去公园，忽然有个人叫住了我，我转身看见美女伊月打着雨伞向我走来。好久不见甚是想念，我们两个人站在雨中聊起了天，都是一副很兴奋的样子。我们聊工作聊游玩，两人的话语密不透风。雨越下越大，我们一起在雨伞下往回走，然后在商品街一巷的楼檐下避雨，继续聊天。后来伊月走了，去上班，她总是在不停地换工作。现在她又有了新工作，说起来很满足很快乐，能吃美食，能挣一些工资，确实我能感受到伊月的那一份充实。

　　沿着廊檐，我走回家去，我发现路旁一个婆婆在卖大虾。我买了一盘回来，在网上查了一下虾饼的做法，开始收拾，去皮开背，清洗，然后剁碎，加各种调料，拌上鸡蛋面粉放在电饼铛里煎。没多久，色香味儿俱全的虾饼就做成了。

　　想发个抖音，我去相册里找图片，发现我竟然吃过那么多美食。那一张张图片立马让我想起当时的一些场景和滋味来。比如刚来三亚时我去附近的早餐店吃早餐，各种粥我几乎吃了个遍，像椰奶西米露、鸡屎藤、红糖疙瘩面汤、玉米粒粥、黑米粥、银耳粥等。还有商品街中巷的东北饺子、陕西肉夹馍、海南粉、陵水酸粉、色拉煎饼果子、酸奶大麻花，商品街一巷甜蜜蜜的清补凉，解放路的清补凉，还有海口骑楼老街的清补凉，住处附近的文昌鸡，都让我感到特别美味。

不知不觉我在三亚将近三个月了，不知不觉我在海南品尝了这么多美食。我自己在家做的美食更是不计其数。我常常买大虾芹菜香菇做大虾饺子，那种特殊的味道让我无比钟爱。当地的甜玉米、板栗红薯，我也多次买来品尝，还有各种热带水果，如芭蕉、木瓜、火龙果、小菠萝、桂圆、甜橙、车厘子，都非常甜美，让人难忘。

一方水土养一方人，在三亚的这些日子，我充分地体验了生活的各种滋味。那些美好的食物滋养了我的身体和灵魂，让我充分感受了海南生活的美好与惬意。

这里有来自全国各地的人，有来自全国各地的美食，尤其是那小小的芭蕉，有点酸有点甜，糯糯的口感，我几乎从未断过，从初来三亚开始品尝，吃到现在，依然深深钟爱。我知道，即使回到家乡，我也还会想念那种让人感觉美好的味道。

熟悉的陌生人

　　昨天中午在家里写游记。午后休息，醒来又写了一篇感悟，累了出去散心。我扫了一辆单车，沿着河东路，过了三亚桥，去了中旅免税公园。好几次路过这里，想进去看看，因为时间晚都放弃了。

　　在鸿洲广场附近锁了车，我沿着步行道向里面走，来到了免税城公园。我发现对面即是游艇中心。海风习习，我在台阶上坐下来，欣赏眼前的海上游船。有游艇来来往往，穿行在海上，我感觉特别惬意。后来我拍了照片，进免税城里去闲逛。里面都是化妆品，也有一些生活用品，比如各种包包什么的。我坐着电梯去三楼宽大的阳台上赏景，登高望远，视线开阔，有桌子椅子，我坐下休息，天色渐暗时，我才下楼，离开鸿洲广场回去。

　　附近没有单车，我步行上了三亚桥，来到了河东路，正好可以沿着三亚河散步赏景。走累了，我来到三亚河水边栈道，坐在台阶上休息。没多久，旁边一个六十多岁的女人向我打招呼，我感到惊讶，聊天中知道是前天去采摘时同一辆车上的旅伴。在杧果园，我还请她给我拍照，她让老公给我录了视频，我印象不深，但是她认出了我。她的提醒唤起了我的记忆，我这才想起来我们曾经乘坐一辆车去采摘过杧果。

　　我们很兴奋地聊起了天，她的老公就在不远处。他们是晚饭后出来散步，我起身和他们一起沿着三亚河向商品街的方向走。我们聊了很多话，比如我们各自来自哪里，是租房还是买房等情况。交谈中我知道了她的故事。她的姐姐在2000年的时候，就在三亚买了房，是把哈尔滨的一套房子卖了在这里买的一百多平，改造成了几个单间出租。在姐姐的影响下，她也在这座城市买了自己的房子，一百多平，那时候才二十多万。我夸她们有经济头脑，她说当时三亚河上都是小渔船，没有桥，学生上学要用渔船拉过去，周边还很荒凉。我说那你们可是见证了三亚的发展，她很谦虚地笑笑，一脸朴实的表情。

沿着三亚河，我们一直走了很远才分开。回家的路上，我想起了许多熟悉的"陌生人"，其实我与他们都不太熟悉。我来三亚之前，对这座城市充满了陌生感和恍惚感，我不知道自己能不能融入这座城市，会不会特别孤单寂寞。在这里，除了在崖州区创业的儿子，我几乎没有什么熟人，我对生活充满了不确定的畏惧感。

如今三个月即将过去，没有想到，我走到哪里都会遇见熟人。我去白鹭公园，遇见了我的老乡。那一天，我正在路上走着，看见一个人，特别像我们老家村子里的老乡。在老家小城里，我们还住同一个小区。那一刻我有点恍惚，我和老乡都不知道彼此来到了三亚，在公园的路上走了个正对面，我不敢相信自己的眼睛，还认为我们在老家的小区里见了面。

我在公园，还认识了内蒙古美女伊月。我们有相同的信仰和文学爱好。前天我去公园，忽然被一个人叫住，抬头发现是伊月打着伞向我走来，我们站在路边廊檐下聊了半天的时间。

那天去看房，半路上，上来了三个女人，第一个就是我去西岛游玩的时候认识的姐姐。我们彼此惊呼巧合，她坐在我的身边，一路上我们聊天不止息，连导游都提醒我们小声点。那种喜悦之情，现在想起来仍感到真切。

在旅游途中，我认识了太多太多的伙伴，拍照呀，录视频呀，都叫人感觉特别欢喜。

从刚来三亚的时候一个人也不认识，到现在处处是朋友，在街上走着走着就会遇见熟人，被兴奋地叫住聊上半天时间。我实在没有想到，在三亚这座城市里，我会有这么多美丽的遇见，想想真如做梦一样。

更让人恍然若梦的是，我来三亚的第一天就看到了教会，在教会认识了许多姊妹。每周三、周五、周日，我都去教会听道，仿佛谁给我预备了一所学校，我在这里进修，内心里有了诸多长进，感觉像有了一个自己的大家庭一样温暖。

仿佛这座城市与我有着特殊的缘分，在我退休之后，奇迹一般出现在我的面前，我踏进去，没有一点失落和困惑。我在这里像走进了一个新世界，与过去完全不同的生活，不同的环境，不同的经历，不同的遇见，都是我喜欢的。

说到喜欢，我的话就多了。我喜欢旅游，没有想到，在这座城市里如鱼得水，想出去看风景，每天都有团队可以跟随。不想远行，扫个单车，开了导航，可以去任何相对近的地方。我都当作旅游。

纯净的空气，绿色的雨林，蓝色的大海，无边的沙滩，口感丰富的热带水果，各种美食都是我喜欢的。在这里，我还遇见了这么多熟悉的"陌生人"。生活，像打开了另一扇窗户，我仿佛有了一个崭新的世界。

有时候，我自己也感到莫名其妙，怎么退休之后，我就有了如此丰富又幸福的生活体验呢？事实摆在眼前，真是如此。我除了感恩仍是感恩。即将离开三亚，我想我会深深地想念这里的一切，这座城市，和这里的人。

那天，当女房东与和我常常报团去旅行的那个美女知道我再有十来天就要回家乡的时候，分别说了许多挽留我的话。那些话，也许在她们只是客套话，但是我听得入了心，听出了感情。我会深深想念你们，居住在这座城市大街小巷里的熟悉的"陌生人"。还有那个卖水果的美女，我们已经加了微信。她说当我想吃这里的水果的时候，在微信里给她说一声，她会给我快递过去。我留恋这座城市，我留恋这里的人，也留恋这里曾经滋养了我身体和灵魂的那些水果和美食。

海棠广场之行

周六本来想去亚龙湾玩一天。早上四点多,美女伊月给我发短信说,她去海棠湾游玩,问我去不去,我回答她,可以呀。

上午十点多,我和伊月在白鹭公园门口扫了单车,一起去市委站乘海棠湾双层大巴,我们都很兴奋,一边聊天,一边上了车。

一路上,伊月的话总是很多,告诉我她又挣了多少钱,我对这个不感兴趣,随便附和着她。

到达海棠湾广场已经十一点多了。我们在海棠湾广场下了车,沿着广场台阶向里面走。我一下子就喜欢上了榕树下的一排排长椅。热带雨林的树冠,那么高,那么绿,形成一个诗意的绿色通道,我们坐在长椅上吃着从家里带来的美食,惬意地在树下拍照录视频,感觉非常喜欢。

后来我们去了海边沙滩,伊月心细,带有地毯,我们在海边铺开来,坐下休息。后来伊月换了泳衣去海里拍照,我去踏浪走沙滩,我们在海滩上兴奋地走来走去。对大海,尽管我早已不是初见,有着多年亲近的经历,但每次看到大海,依然如初见一般。海阔天空,海棠湾的游人并不多,海水湛蓝,沙滩细软,在这里拍照游玩都是好的。

海浪一浪一浪向沙滩上推送着白色的浪花,一层一层如画一样。对面海上有一座小岛,叫蜈支洲岛。那一年,儿子带我和老公去玩过,是一座很美的海中岛屿,给我留下了深刻印象。现在,我们就在那一座小岛的对面海棠湾的沙滩上。一个美女给我和伊月拍了许多合影,我们开心得像孩子一样。累了,去沙滩旁的树林下草地上休息。

伊月的老公也来了。伊月的老公在中国保利酒店当保安，趁休息时间来见伊月，他对这个地方非常熟悉，带我们去了酒店旁边一个有吊床有躺椅有秋千可以休息的地方。我们便彻底放松下来，在吊床上悠哉悠哉，在秋千上来回晃悠。

　　这里真是一个好地方，闭上眼睛，海浪一潮一潮冲击沙滩，发出哗哗的声响，让人心里空灵至极，仿佛进入梦一样的意境里。睁开眼睛，椰林绿草地，大海雪浪花，蓝天白云，天地大美。好惬意的午后时光！什么也不做了，就那样各自聆听着大自然的声音，美到没法形容。

　　就这样虚度时光吧。

　　也不知道在这里待了多久，以前旅游常常是紧着赶路。现在，没有人催促，完全放空了身心，整个人松散了下来。哪里也不想去了，我们就这样在海棠湾的沙滩上玩得忘记了一切。

　　五点钟的时候，伊月的老公带我们去海棠湾广场对面的海昌不夜城，我们这才依依不舍离开了沙滩。在海昌不夜城，我们看到了美食街，还有各种娱乐设施。后来摩天轮上的灯光也亮了，如蛛网一般明灭闪耀。

　　穿过三角梅心形走廊，在不夜城里，我们逛了一圈。六点半的时候，天下起了雨，我们这才准备回去。天色渐渐暗下来，不夜城的灯光无比闪耀，椰子树上的彩色灯串一圈一圈亮晶晶的，回去的时候，有点不舍。去路边等双层巴士，回想这一天，玩得可真过瘾。伊月的老公回去上班了。我和伊月回市里去。在巴士上，我们两个人说说笑笑，都是很满足的状态。

　　伊月一直在打工，休息一天，知道我即将回到家乡去，就约了我一起来海棠湾玩。一是见她老公一面，二是我们一起有个伴儿。在三亚，伊月是最主动约我的人，她来自内蒙古鄂伦春，是少数民族。我们都爱好文学。我写散文，她写诗，我们还有共同的信仰。在来三亚之前，我们彼此都不知道对方。三个月的时间，我们仿佛多年的老友，可以一起吃东西一起玩耍。分开的时候，我对伊月说，我会想你的。伊月说，再来三亚了，我们还要一起玩啊！到那时候，她就不打工了，和我一样到处玩。我说，好的，那时候我们还要一起。

三亚的冬天

　　昨天夜里醒来，听到外面声响很大，仔细听了才明白，外面下着倾盆大雨。那声音仿佛大水不停地向地上泼洒的感觉。

　　早上起床，雨还在下着，但已经小了许多。早饭后我去教堂听道，中午什么也没有做，就到了午饭的时间。我蒸了米饭，去买大虾，炒了个菜。午后休息，美女伊月说想去大东海，约了我两点半出去。

　　去白鹭公园扫单车的时候，我发现风特别大，天特别冷。想想不对劲，我回家去穿羽绒服。

　　终于穿上羽绒服了。我的羽绒服很薄，来三亚时穿着来的，准备今年冬天最冷的时候穿，结果发现一冬天气候温暖，年前根本没有用着。我还以为在三亚用不着了。没想到一夜大雨，今天就降了温，冷飕飕如冬天一般。

　　天太冷了，我对伊月说，要不咱们不去吧。伊月说，好呀。然后我们就各自回了家。

　　晚饭后我去白鹭公园散步。走在步行桥上，临春河上的风像北方冬天的西北风呼呼吹着，冷飕飕的感觉仿佛北方初春的倒春寒一般。

　　在公园走了一圈，我感觉冷风像挂在树冠上的秋千，在树下游荡，给人一种特别冷的体感。有时候一阵风来，让人禁不住哆嗦。

　　再有十来天，我就要回到家乡去了。这天气让我对三亚有了更完整的体验。三亚的冬天也不是只有温暖，冷起来也让人感觉非常寒。

　　这样的天气里，人们穿得五花八门。有人依然穿着短袖短裙，有人穿着羽绒服，像我，大部分人穿着秋天的外套。总之，天一下子冷了，还真让人受不了。

当然与北方的冬天相比，这只是小巫见大巫。这风只能相当于北方初冬的冷风。

其实，三亚也是有冬天的。年前年后，一些树上不断有树叶变黄，然后飘落。就像一个人，头上刚有了一些白发，拔下来就依然是青春的样子。现在冷风吹拂，真正有了冬天的感觉。

木棉树先开花再长叶，已经带来了春天的消息，椰子树发黄的大叶子，已经被公园里的工作人员去掉。春天就要来了，冬天可能觉得不露一下脸，就没有尽到自己的职责。

前几天早上听到一种鸟叫，是在家乡早春听到的那一种，非常清脆，非常熟悉，仿佛在报告着春天的消息。那天听到那熟悉又好听的声音，我一下子就想起来在家乡春天里的美好日子，鸟儿仿佛在说，春天就要来了，你还不回到家乡去吗？

其实春天花开的盛景，已经多次出现在我的脑海里。我以为我已经把家乡忘了。实际上关于家乡的一切都存在着，都在心底里藏着，我虽然来了三亚，但并没有忘记。

春天就要来了，我也要回到家乡去了。冷风的吹拂让我对三亚有了更丰富的感知。一阵冷风过去，三亚的冬天也许就结束了。这里毕竟是北纬十八度的热带，人们喜欢温暖的三亚。

吃榴莲小记

早上起来，我发现外面下着小雨，就没有出去。简单吃了早餐，想起我昨天买的榴莲没有吃完，去拿出来继续品尝。

榴莲这东西，味道还真是有点怪。

昨天从水果街经过的时候，看着两边小摊上满满当当的各种热带水果，我心里想，很多水果都吃过了，我也不稀罕了。可是在出口的地方看到水果摊上的榴莲的时候，我忽然动了心，这个水果一直要品尝，还没有品尝呢！

我上去问了价格，正好有一小盒装着的，三十元，里面有一块黄黄的榴莲肉。我也不知道自己喜欢不喜欢，因为许多人说起榴莲，都有一种别样的表情。有人说好吃很陶醉，有人说味道奇怪吃不了，有人说闻起来臭，吃起来香，可以试试。

那就试试吧，我买了一盒榴莲回家，怕屋子里跑满味道，我在走廊尽头的露天阳台上一点点品尝。我用小勺子挖了一小块放进嘴里，一股怪怪的味道，像什么东西变了质，但不太甜也不太臭，有非常厚重的滋味，像葡萄酒的余味，有很复杂的味觉体验。

还好，我能够拿得住那味道。我一点点地品尝，醇厚的软糯感在嘴里绵延。我吃了半块，便停下了，怕吃多了，自己的肠胃不适。

今天早上，我把昨天未吃完的榴莲拿出来，一边打开盒子，一边想，要是坏了就扔了，品尝过了，也不可惜了。我打开包得很严实的保鲜盒，闻一闻没有什么异味儿。就用小勺子挖了一块儿榴莲肉，放到嘴里去品尝，我发现榴莲没有坏，便依旧在露天阳台上一点一点品尝榴莲，浅黄色的果肉里面剥出两个大籽儿，果肉糯糯的软软的，吃着吃着，我就觉得味道挺醇厚，香香的，还有种说不出来的滋味，很复杂很绵厚。就这样像接触一个神秘的大人物似的，我小心翼翼又充满好奇地吃完了自己买来的榴莲肉。

不遗憾了，其他水果吃的时候都是大大咧咧吃进去的，感觉海南的水果，让人爱不释手。唯独榴莲，我小心翼翼品尝，充满谨慎感。

我在三亚的生活，算是又多了难忘的一味儿。买榴莲的时候，我顺便买了一些车厘子，那乌黑发亮的果子，洗净了一口一个，吃得痛快淋漓，可不是吃榴莲这个样子。

海岛上的木棉花

我喜欢木棉花。

那天去公园晨练,在公园遇见一个男士,用帽子盛了一些火红色的花,喜滋滋地走着。我忍不住上前打听,是什么花。

那男士看看我,说这是木棉花。我早就听别人说过木棉花,也在文学作品里看到过这个名字,一直觉得木棉花是一种很浪漫的花。我问男士哪里有木棉花?男子用手指指公园的一角,说那边地上有许多木棉花!他还说这是一种药材。

我顺着他指的方向寻去,果然找到了木棉树。一棵树干很高,枝杈直棱棱伸展开来,缀满花朵的树出现在眼前,我仰头去看,那一朵朵红色的花,在树枝上如许多红色的大鸟落在枝头,甚是好看。而地下,果然有落花。我拾起一朵细看,花儿刚落不久,五个花瓣依然很滋润,红彤彤的花蕊一簇簇如绣花针一般挤挤挨挨,上面有褐色的花粉。

花朵挺大,我捡了一朵花儿,在公园走了一圈回去,也如那用帽子盛着花的男子一样,心里喜滋滋的,仿佛我带回了什么宝贝。当然我只是当作美物来观赏,并不知道它到底有什么样的药用价值。

木棉花红彤彤,挺漂亮,就仿佛要吹响春天的号角一样让人喜欢。

那天我去三亚湾游玩,路上看见几棵高大的木棉树,便立马停下来去欣赏。那树估计有些树龄了,树干粗壮挺拔,满树的花朵红彤彤一片,真叫人欢喜。地上落了一些花,我去捡了一朵,放在自行车的车篮里,载着去海边,感觉花朵也有了人的意念一样,满心欢喜。

海岛上还有一些别的花如三角梅，玫紫色的，浅黄色的，玫红色的，一簇簇一团团长在公园里公路边，很多，我也喜欢。还有一种火焰树，与木棉树极其相似。只不过火焰树上叶子稠密，火焰花是黄红色，如一个个小火炬聚在一起，我也喜欢。但是如果把这几种花做比较，我觉得木棉花显得更有气质。

我感觉木棉花就是海岛上的报春花，由于海南岛一年四季雨林茂密，如夏天一般，已经没有明显的季节区分，而木棉花正是在新年之后，正月里开放的。这个时候，满树枝的木棉花开放了，就好像提醒人们春天到了。

去海棠湾的路上，我看到公路两边有许多木棉花，只是那树是新栽下的，还未长高长大。树上的花儿也不少，若干年后，木棉树高高大大，满枝的花朵，那会是多么漂亮的风景线呢！

看别人发资料说，海南昌江的木棉花非常漂亮，山上一树一树火红的花，像一幅美丽的画。我很动心，想去看看，又怕疫情有影响，只能等以后有机会再去欣赏。据说木棉花也叫英雄花。我查了一下资料，说因为木棉花开放的时候形状好看，表现出了英雄豪迈的气概，因此木棉花常被誉为英雄花。当它与其他树长在一起的时候，为了获取更多的阳光，使它的枝叶繁茂，木棉树总要超越别的树，让枝叶不被遮掩。一棵木棉树上往往有好几百朵木棉花，犹如无数把火炬一样，照在大地之上，显得雄奇瑰丽。

我真喜欢木棉花！我觉得木棉花开得漂亮浪漫又豪壮。

我在白鹭公园

早上七点，我又来到了白鹭公园。也许是快要回去了，我不想走得那么快，散散地在公园里走，一边走一边听歌。

来三亚已经三个月了。这三个月，我几乎天天到白鹭公园来锻炼或者散步。如果没有出去旅游，每天我来白鹭公园至少两次，早上晨练，晚上散步。有时候中午还有一次，下午还有一次。即使去旅游，我也几乎每天都要去一次公园。每次旅游回来，吃过晚饭，我会再去白鹭公园散步，听风赏月。即使有时候回来得晚，也是在白鹭公园旁边的公交站下车，穿过白鹭公园回商品街旁的港门村。所以，这三个月以来，白鹭公园成了我的乐园，我每天打卡，日久情深。

平时不管去三亚的哪个方向，我只要看到白鹭公园，就知道我快回到住处了。对于我来说，白鹭公园就像我的运动场。而每一次在这里运动，我的目光总会去欣赏公园里的雨林大树。公园里的一切，就像一本图文丰茂的大书，我百读不厌，且觉得日久弥新。

白鹭公园是长梭子形的，里面种着许多热带雨林大树。有白鹭湖，有各种花。我每天早上要绕公园走上一大圈。一边走，我一边欣赏公园里的热带雨林，和雨林下的花花草草，就像在研究一本内容丰富的大书，走着走着，我就会停下来去研究一棵树，或者研究一些花叫什么名字。公园里的花，主要有三角梅、火焰花、木棉花。公园里的树呢，可就多了。榕树到处都是，翠绿的大树冠，密密纠缠在一起的树干，还有蛛网一般暴露在地面的老根，总叫人感觉一种说不出的力量与震撼，感觉生命实在顽强。而雨树呢，树冠也大得很，老干苍黑，枝杈向上，举起一个硕大又平整的绿色巨伞，枝叶繁茂，也叫人无数次在内心里佩服。椰子树更不必说，海岛特色，有一次夜里，我坐在白鹭湖边休息，心里曾产生一个意念，想把椰子树当作巨形毽子拔起来踢在脚上。那椰子树的大叶子可不就是鸡毛，树干可不就是小时候自己做毽子用的鸡毛筒，椰子疙疙瘩瘩，仿佛毽子上的铃铛。这样想的时候，我在心里笑出了声，我把自己当作了巨人，把椰子树当作了玩具，细细想还真是有趣。

还有一种树叫吊灯树，垂着长长的线，吊着胖嘟嘟的瓜。第一次看到那棵树时，我觉得大自然实在是有意思。后来在公园里，我还发现一种树，查资料叫吉贝，来自美洲，吊了一树果子，长长的，像苦瓜一样大小，果皮浅灰色，曾经叫我仰面欣赏研究了半天时间。

公园里各种热带雨林作物都有，我总是走着走着，就拿出花伴侣去识别，就像认识一个个新朋友，每一次离开的时候，心里总是喜滋滋的，很充实。公园里绿荫遍地，仰头看，绿叶满天，树冠与树冠在空中相互为邻，在树下乘凉，总是感觉雅致又有情调。

每次在公园里行走，最让我震撼的还是那些大树的树根。很多大树的树根暴露在地面上，扭曲着，凸显着，交叉伸展，莫不让人感到一种生命成长的力量。每次从公园的树下走过，我的内心都感到震撼，惊诧于大树日久天长的坚韧。这些大树，经历了怎样的沧桑与考验，才有了如今的模样？看看那些黑黑的扭曲的树根，心中仿佛就有了答案。

这是一种生命的警醒。暴风骤雨，烈日炙烤，一年又一年，大树积累了自己的信念，唯有不屈不挠，才能如此浪漫又骄傲地屹立在这片热情的土地之上。所有的成就，皆是经历风雨造就的。那根就是树的语言，那树干就是树的信念。所有的枝枝杈杈都伸向蓝天，丑丑的树根树干支撑着一个漂亮而健硕的绿色树冠，让人感觉生命的无私与坚强。每天在白鹭公园走一圈，我的心里都重复着这些震撼，总想写写心中的感动，却又觉得言不由衷。每天我在公园散步的时候，都像在阅读一本叫人感悟深刻的大书，这书里，有花的美好，更有树的坚强。

公园里有几座小桥，桥下有水，水里有鱼，鱼是大海涨潮随水而来，常常欢快嬉戏，有无限乐趣。公园里有白鹭湖，湖河海相连，每天湖水随海水涨潮起起落落，有白鹭在水上飞翔或者在水中觅食。红树林在公园的周围或者白鹭湖上簇拥着，一幅安闲的良辰美景。

白鹭公园外围是临春河，从白鹭公园到商品街，得过步行桥，桥长且高。每天人来人往，在桥上看景，远处山峦起伏，近处河水悠长，公园里一堆堆绿色，让人心旷神怡。

公园的另一端是三亚市的图书馆。我常常穿过公园，去图书馆看书写文字。走过那些绿色的树荫，我的心里常怀一种海岛生活特有的惬意，我在文字里书写自己的体会，别有一种温馨的感觉。

早上或者晚上，白鹭公园里锻炼的人唱歌的人总是很多，遍布公园角角落落，合唱团、表演团、乐器演奏团，全国各地的人在这里演绎着自己的生活。夜里公园外面的广场上，更是人山人海，跳街舞的，扭东北大秧歌的，跳新疆舞的，把步行桥前面的广场弄得像旧日的上海滩一样，热闹非凡。

白鹭公园位于三亚市中心，是个湿地公园，资料上称白鹭公园为三亚市的绿肺。本来海岛的空气就好，有了这个森林大氧吧，空气更让人觉得舒服。

天晴的时候，在公园里赏满天朝霞，看日出东方，或留恋夜色如水，明月如镜，都是很美的体验。

三个月的朝夕相处，我已经记不清多少次在心里涌起过感动。白鹭公园，就像一本内容无比丰富的大书，让我欢喜让我留恋。这样说的时候，我想起了三亚这个城市，又何尝不是一本内容丰富的大书！

　　江河湖泊，无限美景，诸多美食，三亚，可不就是一本丰富且美好的大书！白鹭公园可不就是这本大书里一页精彩的内容！我将带着这本书给的滋养，这诸多的精彩，走向新的生活。

去亚龙湾中心广场

来三亚整整三个月了，回去的日子越来越近，我不想跟旅行团出远门去旅行了。

早上去公园锻炼，发现一个走秀的队伍，便情不自禁加入了进去，跟着音乐走了一个小时。几个队友好像认识许久一样，彼此交流一起走秀的感受，心里很是欢喜。散场的时候已经九点二十分，我回家去吃了个早餐，想乘坐公交车去亚龙湾中心广场再玩一次。

我顺便买了点吃的，扫了个单车，去市委公交站等车。本来想乘双层巴士，发现十五路公交车到了，问了一下乘务员，说可以到达，我就扫码上了公交车。大约四十分钟之后，我在亚龙湾中心广场附近下了车。

先去海边。穿过图腾文化广场，我一眼就看到了大海。我决定先去沙滩上游玩。许多人在蘑菇伞下的木床上休息，我也想休息一下，坐在伞下看海，便找了个座位。看着眼前的沙滩与大海，我的心里棉花样松软起来。海水清澈，沙滩细白，风景优美，我在这里休息，感觉特别美好。中午，我吃了自己从市里带来的美食。坐在伞下，看着大海，特别想睡觉，索性脱了鞋子躺在木床上休息。再也不急了，每一次去海边都是兴奋得不得了，现在躺在蘑菇伞下，知道时间尚早，我也不用赶路，就放空了心灵，迷迷糊糊，好像还睡着了。

也不知道过了多久，我才坐起来。身边有人在喁喁私语，有人在躺着休息。大海一望无际，与天相连，资料说亚龙湾绵延八公里，是个月牙形的海湾。水上有各种娱乐项目。我看着周围的一切，忽然想去走走沙滩，就脱了袜子，赤足踩在沙滩上。沙子热乎乎的，挺舒服。我去水边请别人帮我拍了一些照片，海水打湿了我的裤脚，我开心得不得了。

再回到木床上，已经有人坐在我的背包旁。我用沙子擦干了脚，然后休息了一会儿，穿上鞋袜，离开沙滩，去亚龙湾广场上看看还有什么景色。

我看到贝壳馆正在维修，还有人在不远处蹦极。沿着彩虹台阶，我来到潜水的地方，看到水特别清澈，水里有非常漂亮的各种热带鱼，游来游去，很有意思。有人在水面上浮潜，挺有意思，我却望而生畏。

想找到沙滩上的石头标志，我向远处又走了一些距离，看到了观海餐吧。一座座白色的小房子叫人眼前一亮。蓝色的大海，白色的餐吧，感觉置身童话世界，非常唯美。

中心广场附近的草坪绿茵茵的，有大榕树一片翠绿，有木棉树正开着火红的花朵，我走了一圈，感觉环境特别优雅有情调。

我终于找到了沙滩上那个石头标志，上面写着"天下第一湾"的红色大字，我拍了照片打了卡，仿佛完成了一个小小的心愿。

亚龙湾比海棠湾开发早，周围有不少豪华小区，掩映在绿色的热带雨林之中。我在广场附近走走看看，休闲自在，拍了许多照片。四点多的时候，我在路边等公交车。十几分钟之后，十五路公交车经过，我扫码上去，回三亚市里。一路上，我从玻璃窗外看到大树小树一一闪过，仿佛我在三亚度过的时光，一天一天向后退去就到了现在。我来三亚已经三个月了，我正在做着回去的各种准备。我想再看一看风景，然后就可以坐着飞机回到家乡去了。

冬天已经过去，春天就要来了，我是真的该回去了。

第六辑　回去的时候

旅居三亚，终究还是要回到家乡去的。再见了，我亲爱的城市。

请你吃个清补凉吧

早上去公园走了一圈,我在外面吃了个早餐。回家来拿上口罩我就去了教会。在三亚的这三个月里,除了过年的时候,我在儿子的民宿住了一周的时间,几乎每周的周三、周五、周日中午,我都会去教会听道。仿佛我在三亚有了一个温暖的大家庭一样,我很喜欢去那里安安静静坐着听牧师讲道,与大家一起唱歌祈祷,仿佛退休之后,我有了一个更好的学校,在这里我跟着大家一起学习成长,在灵魂的成长上又有了许多收获。

散会之后,我和美女伊月一起去了白鹭公园。我们一边走一边聊天,在公园里,伊月给我拍了许多视频和照片。

天晴了,三角梅格外艳丽,大榕树格外翠绿,草地也更加诗意。在太阳光的照耀下,公园里的一切显出唯美的意境来。我们一边聊天一边拍照,也算是分别之前的一次游玩吧。

走累了,我坐在公园的长椅上休息,看周围天蓝地绿,真是美好。伊月总是有许多话,给我讲她的家庭,她的兄弟姐妹,以及她自己的情感经历,我听着应和着。其实我很想安安静静欣赏风景。伊月说起她家乡的一切,总是滔滔不绝。后来我们去了商品街,我想请伊月吃个清补凉。因为之前,伊月多次给我捎东西吃,我总觉得欠了她一份情谊。

我们在甜蜜蜜小店里点了两份清补凉,又要了两根烤肠,一边吃一边聊天。伊月说她也要回家乡去了,她的父母都病了,她的女儿也快生孩子了。我们这次小聚,也等于是告别。人生,大概就是如此吧,在不同的阶段，我们会遇见一些不同的人，同行一段路，然后各自回到自己的生活里去，好像一切从未发生。

伊月说她也许有机会可以送送我呢，我说不用了，我的儿子会开车来送我去机场。

从甜蜜蜜出来，我想回家睡觉，伊月说她的老公一会儿就从海棠湾那边下班回来。我们在路口挥手分别。

感谢教会里的兄弟姐妹，三个月来给了我很多温暖，也感谢美女伊月与我一同去教会聚会、游玩、聊天，让我在三亚的日子有了更温暖美好的色彩。

到了说再见的时候

1　看儿子去

也许快要离开三亚了，我特别想去再看看在三亚崖州区做海景民宿的儿子。

2022年2月26日，早上起来，我买了吃的东西，扫了个单车，去新风街坐有轨电车。到火车站，正好有八点去崖州的票。我买了票上二楼候车，十几分钟之后，我就坐上了环岛高铁。

二十分钟的时间，我就到了崖州站。从崖州高铁站出来，门前就有公交站点，我查了一下到儿子做民宿村子的那路公交车。在站前广场溜达了一会儿，当那一趟公交车过来的时候，我顺利地坐上了车。我一直以为公交车到镇海村要很久的时间，未想到十五分钟之后，我就来到了镇海村。

从八点坐高铁，到九点下公交车来到镇海村，我只用了一个钟头的时间，颠覆了我脑子里一直以为三亚市里到镇海村非常遥远的感觉。

走进村子，没多久便看到了儿子和朋友们开的民宿。进去的时候，我看到一个小伙子的背影，他正在大厅的布艺沙发上看手机，后来知道是民宿请来的厨师。我自报家门，小伙子去叫醒了还在睡觉的儿子。就这样，我又来到了海景民宿。

中午，我给儿子和他的朋友们做猪肉蒜薹卤面。这是儿子爱吃的一种家常饭。我从市里买了黑猪肉、蒜薹和面条，午饭的时候，卤面很快被吃光。儿子吃了一大盘，算是过了个瘾，我也算是完成了一个小小的心愿。因为想到我回老家，儿子在三亚忙民宿的事，不知道什么时候才能回家去，我便想再为儿子做一次他喜欢吃的饭。

下午我要回去的时候，儿子说什么都不让我回去。还说，明天还想吃我做的卤面。后来，儿子的伙伴告诉我，儿子的对象晚上坐飞机从上海飞过来，飞机夜里到达。哦，原来如此，那就留下来吧。

其实，我是想来看看儿子，回去收拾东西，准备回去的事情，并没有准备住下来。

2　见到了儿子的对象

第二天早上，我早早起了床。下楼发现民宿大厅静悄悄的，大家还都在休息。我一个人开了门，去了民宿外边的沙滩上，一边看日出，一边跑操。

我看到一些海钓的人，不由得上前去看看他们钓了些什么，然后又和他们聊了一会儿天。

大海一望无际，空阔辽远。日出东方，给人无限希望。一些人在沙滩上晨练或者看风景，我锻炼回来，感觉晚上并未睡好，便想再上楼去补觉。在大厅里我遇见了厨师，他说昨天夜里两三点的时候，儿子和朋友们才回来，现在还在睡觉。我悄悄地上了楼。

后来儿子发短信说，让我和他一起去崖州买菜。

开车出去不久，我们便来到了崖州古城门前。我刚来崖州的时候，儿子让我进去游玩过，今天就不去了。下了车，我们俩人去菜市场割了肉买了大虾蔬菜面条。中午我又做了卤面。这次做得多，卤面没有吃完。厨师做了椒盐大虾，炒了几个菜。我见到了儿子的对象，两人拥抱相见，

233

饭后聊天，然后休息。

由于来民宿的时候，我没有带换洗的衣服，也到了我要回老家去的时候，需要收拾东西。我必须回去，所以下午四点多的时候，我下楼去，在泳池边拍了照片。五点多，回三亚市里去。

儿子和对象开车送我至崖州火车站，路上给我买了车票，我刷身份证进去，坐上了回三亚市的高铁。十几分钟之后，我回到了市里。在火车站，我坐上有轨电车，到达建港站。然后扫单车，回到了商品街。简单吃了点东西，洗漱休息，已经很晚。

3　为回去做准备

早上起来，我去白鹭公园走了一圈，熟悉的一切出现在眼前，依然是很喜欢的感觉。

中午，我回家去洗了被单，洗了衣服，一一晒到楼顶晾台上去。天很晴，阳光很好，晒晒被子，心里感觉很舒服。

下午，我去解放路步行街旁边的特产店买特产，结果看到三亚风情步行街的标志，就锁了单车，去风情街逛街去了。风情街在地下，是一条非常长的商业街。里面大部分是卖衣服的，逛着逛着我就试穿起衣服来。后来相中了一条蓝色的亚麻裤子，试了又试，选了一条，价格是一百六十元。

走出风情街，我也不想去买特产了。因为最近三亚出现了一例新冠轻症患者，我怕回去的时候麻烦，所以放弃了这个想法。

骑着单车，我去了三亚湾路，在凤凰岛附近的海边看日落。太阳红彤彤地挂在天上，一点一点坠落在海平面，然后藏到了大海上的渔船里面，满天红霞，非常漂亮。路人纷纷用手机拍照录像。我也一直欣赏着，直到落日隐去，才骑车回家。

夜幕降临，华灯初放，城市的大街上，人来人往，永远都是那么热闹。下午，我在街上吃了一碗虾仁馄饨，不太饿，晚上便简单吃了些水果。之后扫地整理衣物，把儿子给我的厨具整理好，放进纸箱里。然后洗头洗澡。仿佛有了回去的想法，一切便都是在默默地为那个想法，进行着收尾的工作。

继续为回去做准备

早上去白鹭公园跑步，饭后，我去三亚市人民医院做核酸。在医院后门锁单车时，遇见一个美女，也去做核酸。我们两个人一边聊天一边向医院里走，聊天中知道她在海税局工作，刚从老家回来，单位要上交一份报告。我们两个准备结伴，做核酸排队时，上个卫生间什么的，彼此有个照应。听说做核酸的人很多，会等很久。幸运的是进去以后可以网约，美女帮我也预约了一个。我们两个去网约的地方排队，结果大家都让我们先做。这个时候，我才明白，原来那些排队的人是第二次做核酸，中间间隔的时间不够，还要再等一些时间。我们两个顺利做完核酸，没有等待，不约而同感叹着自己的幸运。

时间尚早，走出医院，我与美女分手，扫单车去了三亚湾。在沙滩上，我坐下来打开太阳伞，看海，听海，然后闭目养神，直到午饭的时候，才起身离开。

午休之后，我补写了前几天的日记，后来换上旗袍去了白鹭公园。阳光灿烂，照在雨林中间，光影如画。我请路人给我拍了些视频，然后穿过公园，去了三亚市图书馆。

就要回去了，我好像在和自己喜欢的地方一一告别。中午我去了三亚湾发呆，下午我来公园拍照，然后再去图书馆，想再看一会儿书，我真喜欢在图书馆静静读书的感觉。

我看了一本杂志，心在文字中飞翔，是一种非常享受的灵魂之旅。我还请旁边的大姐给我拍了几张照片留作纪念。

我在图书馆的时光，充满了实实在在的幸福。我们在物质的世界里生存，在精神的世界里享受文字的滋养，这两者缺一便不够完美。

我喜欢穿过公园走向图书馆的感觉，也喜欢在图书馆沉浸在文字里的那种快乐，那是一种让心灵完全沉浸下来的别样旅行。对于我而言，是一种高级的幸福。我会深深怀念这些美好充实的日子。

晚上，我收拾衣物，去附近的快递点寄了快递。之后又去了公园。没有想到，在步行桥，我又遇见了内蒙古美女伊月，我们两人去公园走了一会儿，坐在公园的石凳上聊天，很晚了才回去休息。

告别的时候

　　明天，我就要坐飞机回去了。

　　早上去白鹭公园晨练的时候，我请别人给我拍了一段视频。想到明天早上我就不能来公园呼吸这里的新鲜空气了，晨练结束我又拍了一下公园的白鹭及红树林，还有周边的风景。

　　早饭后，我去人民医院做第二次核酸检测。出门的时候，我不想背包，没有带身份证。因为昨天没有用身份证，网约，做得很顺利。我以为一切依旧。然而，未想到网约的界面没有付费栏目，操作不了。可能是人多的缘故，也可能是网络出现了故障。人工排队开单需要身份证，我只好又扫了单车回住处去取。

　　再回到医院，已经快十点了。去排队，前面有好长的队伍。终于开了单，再去做核酸的地方排队，又等了一些时间。做过核酸，正好十一点。我去取昨天的报告，想了解多长时间能取出报告。在太阳下排队，我又等了很久，取出报告时已经快十二点了。

　　扫单车回去，我在十字路口又看到了风情街。想起那天看中的帽子，我便锁了车，到地下商场去买了来。然后在解放路美食街吃了午饭，十八元一份的糟粕鱼。

　　很累，回家来，我便躺在床上休息了。

　　午休后，我让房东结算了一下水电费，一共二百六十元。比想象的少，挺高兴。因为多住了几天，我又给人家加了些钱。之后，我开始记日记。我一边写日记，一边做晚饭，准备傍晚去医院取核酸报告。

取报告回来的时候，我骑车走在绿荫遍地的三亚河东路上，还是很喜欢的感觉。大榕树大雨树老干虬劲，满树绿叶，看着就叫人心生喜悦。骑着单车穿行在这些大树的绿荫里，我总是满心惬意。明天我就要回去了，我对三亚的一切都很留恋。

我来三亚旅居，等于半生辛苦之后自己给自己放了三个月的假期，现在假期已经结束了，我该知足了。冬天，我在一个温暖的城市，过了自己喜欢的生活。人生如此，知足了。

明天回去，结束我的旅居生活。我要回到家乡去了，一个声音在心中响起来：安静下来。是的，安静下来过生活，平凡亦足矣。

回家，一天在路上

借城而居，终究还是要回到家乡去的。

早上四点多醒来，在床上留恋了片刻，五点钟铃声响起，我便赶快起了床。

收拾完衣物，把拉杆箱整理好，吃的东西放进背包里。一切就绪，我下楼去，看看天色尚早，情不自禁又去了商品街一巷，过了临春河路，上了临春河步行桥。满天繁星之下，我又来到了白鹭公园。已经有人在公园里走动。尽管非常留恋，我也没有敢久留，走到白鹭公园湖边望了一眼，发现一些人已经开始晨练，简单驻足，便赶快转身回去。儿子一会儿开车送我去机场，不能耽搁时间。

我在楼下买了豆浆油炸芋头饼，算作早餐。吃完我上楼去，一件一件往楼下搬行李。我在这里用的锅碗瓢盆是儿子给的，要让儿子带回去。为了节省时间，我分批搬到楼下，放在了卖豆浆大姐小店门前的椅子上。

儿子从崖州那边开车过来要一个小时左右，我得做好各种准备。从市里到机场还得几十分钟，八点四十五开始登机。时间是有点紧张。

还好，由于我做好了各种准备，儿子和对象开车来的时候，我们麻利地装好东西出发了。我给他们买好了早餐，一并带上车去。

时间确实紧张，不过儿子路线很熟，开车很稳，在七点五十分到达了航站楼。我们拥抱分别。我直接进了机场安检通道，递上两次核酸报告，顺利过了安检，去办托运。

上飞机的时候，需要上摆渡车，以前都是直接进入机舱。这次在机场内上飞机。天气晴朗，蓝天下，我踏上中国南航 CZ6576 航班，找到自己的位置坐下。

就要回去了，三个月的借城而居生活就要画上句号，太多的美好温暖了我的岁月。这是一段永远不会忘记的日子。对于我来说，是把一个寒冷的冬天过成了繁花似锦的岁月。我在退休之后的失落，已经变成了对新生活有无限可能的憧憬。这是旧生活的结束，也是新生活的开始。我已经对自己的生活进行了美好过渡，是安慰，也是祝福。这是一个与往常所有冬天都不一样的冬天，也是一个与往常新年都不一样的新年，更是一个与往年春天不一样的春天。

怀揣着一腔美好与安慰，我将开启自己的新生活。也许日子类同，但内心感觉不再相同。就像那句话说的，如果去过罗马，心里就会有一场盛宴，无论将来去哪里，它都不会消失。三亚对我来说，也是如此。

飞机准时起飞，一切都在后退，再见了，心爱的三亚，给了我安慰的城市！儿子在这里创业生活，我满心祝福，也还会再来，这分别也只是暂时的。

飞机越飞越高，舷窗外，我看到了三亚湾，看到了凤凰岛，后来又看到了白云深处的亚特兰蒂斯的塔尖。海湾如画，大地如诗，白云层层浮现，一切如画卷铺展，我们飞行在云朵之上。再见了，我心爱的城市，谢谢你给了我不一般的生活体验。再见了，阳光，沙滩，大海，椰子树，那些可爱的熟悉的陌生人，还有我亲爱的儿子和他的小伙伴们。

飞机越飞越远，视线里渐渐只剩下瓦蓝的天空和雪白的云朵。是真的要说再见了，带着满满的爱和感动，我要回家乡去了。

近三个小时的飞行，其实过得很快。

九点十五分到十二点十五分，我先是闭目养神，后来欣赏了几次窗外的风景。看到云层有时薄薄地浮在空中，如睡莲一般漂亮，有时厚厚的，又像雪后的平原，一望无际与蓝天相连，有时天空中的云朵有特殊的图案，像扯开的三道曲线，非常有意思，有时呢，又一团团如棉絮摊开，让人想躺上去做个美梦，有时候大地如格子画一样清晰地在云层下显出来。中午时分，窗外漂亮至极。

　　这中间，空乘分发了饮料，分发了午餐，不知不觉，时间过去。我们在云之上，有了将近三个小时的航程。

　　飞机刚起飞的时候，在云之上，我强烈地感受到，人类何其渺小，在大地上劳碌生活，有各种纷扰，实属不易，我甚至眼含热泪，心中充满怜悯。飞机快落地的时候，我看到大地被人类修理成一块一块农田，生存不易，却在用辛苦的汗水换来有安慰的岁月，又感到特别自豪欣慰。

　　人间岁月，有辛苦，也有安慰。当多用更高的视角看看自己生存的空间，时时给自己一份提醒，尽量生活得有格调，有温度，才值得。有时候也不用太执着，但是我们应该多思考，要明明白白地去过自己的生活。

　　飞机提前十分钟落地，我回到了自己的家乡，我的大河南。机场转高铁，五十多分钟之后，我见到了来接我的老公。不用多说，心里一阵喜悦。老公拉上我的行李，去开车，我们回家去。

　　路上，我发现家乡的树好小好小，是春天，还未长出新叶，和三亚的雨林大树相比，仿佛大地上的小草，灰突突的。我相信，我会与它们一起迎来繁花似锦的春天。

　　挺好的，我将与春天一起出发，去过更新更好的生活。每一个新年都值得期待，都值得祝福，都会有自己的风景。

　　春天，我来了，我终于又回到了自己的家乡。

　　晚饭，老公烙了油馍，做了玉米粥，炒了白菜，都是我喜欢的。简单的饭菜，可是吃在口中，却是满满的温暖和芳香。每个人在这世上，都应该有一个温暖的家。哪怕平凡也没有关系。有爱，有满世界的幸福就行。这爱，不必轰轰烈烈，平平淡淡，只要温暖，足矣！

　　借城而居，其实就是为了相见的时候，我们彼此之间更加珍惜。我已经感受到了这一种温暖。

后记

2021年冬天,我在三亚借城而居,住了三个多月的时间。回想那几个月的生活,我感觉过得特别值得。我一直在坚持写作,两本笔记上满满地有了十几万字的记录。我给自己的笔记起名叫《借城而居》。我从那里带走了一段难忘的岁月,是安慰,也是对以后生活的启发。带着这些美好的记忆,我将走向更加温暖和智慧的岁月。

我觉得每一个人的生命都应该被尊重。因为每一个人都是母亲辛苦地用生命把我们带到这世界上来的。我们带着母亲给的爱生活到现在,经历了那么多努力和磨练,才有了现在的生活和样子。我们不应该随意放弃自己的渴望与期待,要把自己的生活过成自己想要的样子。我们每一个人的生活与追求,都应该被理解和尊重。

在三亚借城而居,我过了一个暖冬,留下了太多美好的回忆。在那里,我有了新的热爱,有了新的欢乐,有了岁月给的美好奖赏,有了生命中又一次深刻的探索与思考。

来三亚之前,我退休两个月了,心里仍然有失落。儿女不在身边,老公早出晚归,天气渐渐冷了,白天我一个人在家,内心充满了忧郁,也充满了"再也不想这样过生活"的呐喊。所以我才让自己来到了一个新的城市,在那里有了新的生活,新的开始。

我觉得,当我们在生活的某一个阶段过得灰心失落的时候,如果条件允许,不妨让自己暂时地从那一种生活里来一次出走,跳出原来的氛围,换一种心境,给自己一次机会,让自己的心灵再一次新生。如果有可能，我觉得探索比叹息要有价值得多。

　　人生漫长，生活的某个阶段里，我们难免会遇到不理想的生活状态，如果改变不了现实，那么我们可以学习改变自己的心态，换一种环境，换一种生活，让一切变成更好的样式。生命宝贵，不能浪费。感谢我的家人和儿女给我的理解和支持，谢谢你们让我做了真实的自己。此生有你们，我感到深深地幸福。

　　借城而居，我的生活打开了一扇更亮更新的窗户，我看到了生活的无限种可能，为此我感恩岁月的美好馈赠。

　　在此借用一句话表达我的心境：我曾经梦想拥有一座花园，在这里却遇见了整片花海。不是三亚这座城市有多么美好，当然也确实非常美好，而是生活给了我们更多的选择，这种经历让我感到生活丰富而且悠长。

　　想到人生，我觉得，我们每个人都不相同，过自己喜欢的生活就是最好的生活。就像我就是我，终将做我自己喜欢的事，过我自己想过的生活。即使没有许多时间，见缝插针我也会去实现。即使没有条件，想尽办法我也会去创造条件。那个让自己内心坚定不移的信念，其实才是我们自己这一生最好的伙伴。